燈籠

L-A-N-T-E-Ray-N
Ray 書系

青春是一束雷射光，
匯聚你不羈的想像，
奔向你獨有的冒險，
挑戰你變幻的極限！

天庭傳奇系列03

Tales of the Celestial Kingdom

天庭外傳

Sue Lynn Tan
陳舒琳

曹琬玲……………譯

感謝我的父親　教導我展望天際

感謝我的母親　敦囑我腳踏實地

目次

純明宮
北海
芬芳扶桑林
玉宇天宮
西海
鳳凰城
夏焰宮
幽珊宮
仙域
天庭
東海
長春林
南海
黃金沙漠
魔界
影子峰
黑龍江
黃河
長江
珠江
凡間

作者序

我在寫《月宮少女星銀》的時候，從未想過這些書會引領我走向如此不可思議且充滿感動的旅程，也沒想到還會有這本可愛的合集。《天庭外傳》的頭幾篇故事是在天庭傳奇兩部曲之間創作空檔隨興寫下的，之後我便增添越來越多外傳內容，從書中某些片段取得靈感，更深入闡明角色之間的關係。

由於這本合集會劇透天庭傳奇二部曲的內容，所以我先說一下本書編排。「薄暮篇」的三則故事重新演繹了啟發天庭傳奇二部曲的神話，我將這些神話編入並創造出書中的世界，某程度來說算是二部曲的前傳，讀者無須看過二部曲就能進入。「暮光篇」的前兩篇故事，深入探索月之女神的女兒星銀的人物關係之萌芽，詳述了她將雪蓼獻給天后時，以及她以首席弓箭手之姿返回天庭時描繪她殺戮妖怪的那些片段。接下來「拂曉篇」的兩個故事內含劇透，建議讀者可以先看過二部曲。

在這本合集裡我們可以看見不同角色的各自觀點，例如嫦娥和后羿、力偉、文智及淑曉，而終篇則是由星銀獨白。可以從其他人物的角度書寫，讓他們說出自己的想法，並更深入探討角色，這讓我感到很有趣。在這些篇章中，因為敘述者不同而讓故事呈現變化，同時反映出角色在某個時間點的狀態，反映出他們所知以及所經歷的一切。雖然書中多數人物都經歷轉變，但有些角色比其他人改變更大。

嫦娥及后羿是伴隨我成長的中秋節傳說，一直是我最愛的故事。這個傳說有許多不同的版本流傳著，而我總是在想，嫦娥喝下靈藥離開她摯愛的丈夫是否出於別的原因。雖然我希望在《月宮少女星銀》中致敬現有的傳說，但我也希望藉由這個作品，創造出一個走向未知道路的少女主人翁。

我一直把星銀的故事構想成二部曲，分別聚焦神話的不同元素，我很開心編輯支持我的想法。嫦娥及后羿在神話中各自扮演不同的角色，從他們身為凡人一起生活開始，直到他們分隔兩界：一位昇天成仙，另一位留在凡間。正如《月宮少女星銀》的靈感來自嫦娥的故事，我希望《太陽勇士之心》能更深入探討后羿的傳說。對於那些尚未讀過《太陽勇士之心》的人，接下來我分享的一些靈感來源會有部分劇透。

天庭傳奇二部曲也融入了其他中國神話，像是《月宮少女星銀》的四條龍，而《太陽勇士之心》則是講述了另一個較不為人知的中秋節傳說：月宮上的樵夫。相傳嫦娥成仙後，長居月宮，僅有一隻兔子和一名樵夫陪伴。這個樵夫因為冒犯玉皇大帝而被判砍伐一棵施以法術的永生樹。關於吳剛觸犯玉帝的傳說眾說紛紜，一說他過於懶惰，另一說他殺害了妻子的情夫。我思忖著後者所說的這種激情犯罪，會如何扭曲他的心靈及思想，若他任由這種情緒吞噬他，對他的未來又有何影響。

另一個靈感來源則是兵馬俑，為了守護中國第一位皇帝的陵墓而製作出的上千座泥塑士兵。這些兵馬俑的歷史故事及目的，以及他們製作工藝之複雜及精細，總是令我著迷。

在這些故事裡，你會看到神奇的國度、壯觀的戰鬥、狡猾的君主以及高貴的勇士們，而這二部曲的核心是愛：包含愛情和家人之間的愛。我認為愛情是神祕的、複雜且難以預料的，並不非黑即白，而是處於灰色地帶，愛情會成長並進化，如同我們人類一樣。而我相信這些角色所追隨的道路呈現出他們最真實的模樣，而他們成長後可能跟最初的樣子又有所不同。

星銀的故事或許不像童話故事，更像是一個為自己理念奮鬥的女孩，追尋生命中的答案，逐漸接受並不是事事皆有解的現實，同時學會了什麼能讓自己感到幸福，且勇敢地去追尋——即使面對重重挑戰，仍對明天抱持希望。

這些角色對我意義非凡，我用心並滿懷熱情描寫他們，如今很難回想起我的生活裡沒有他們的時候了。感謝所有使這一切成為可能的人，也感謝你們渴望讀到更多《天庭傳奇》的故事，希望你們能再次愉快地回到天庭的奇幻世界。

薄暮

嫦娥

太陽鳥的崛起

《月宮少女星銀》前傳，居住天庭的十隻太陽鳥傳說新詮。

陽光透過格子紗窗照射進來，我眨了眨眼，試著適應刺眼的強光，腦袋仍然混混沌沌。好不容易終於有點睡意。雖然床幔敞開，但一點幫助都沒有。我不易出汗，然而我的絲綢長袍都因汗水濕透了。深深吸一口氣，卻差點嗆到，這不尋常的酷熱在初春時節實屬罕見，此時應殘存一些冬季餘韻。我沉重地撐起身子起床，每個動作都覺得無力。家裡只有我，后羿的床單仍然整齊地摺疊在床尾。他徹夜未歸嗎？

我走向窗前，迅速推開窗戶避免燙到手指。窗縫之間，我瞥見一道緋紅色火焰燃燒著的天空，我馬上低頭保護眼睛。這種情況持續多久了？不停歇的高溫並持續加劇，甚至逐漸沒有日夜之分。太陽從未落下——如果它還存在的話——它就像一顆刺破的蛋黃，流淌整個天空。過去從未如此，即使最炎熱的夏日都不曾如此，我湧現一絲絲不安的預感，如縷縷香煙盤繞心頭。這種怪誕且恐怖的現象似乎不應出現在我們凡間。

如果后羿在的話，必能寬慰我的擔憂，他總是如此沉穩且果斷，知道事情該怎麼做。就連君王都聽從且重視他的意見。有時候，他斬釘截鐵十足把握的樣子令我惱火，尤其當我們意見不合的時候，然而此時我多希望能有他可以依靠，當危險包圍時，能與他緊緊相依。自從天空融成了火海，他時不時便接受君王召喚。他們諮詢過這世上最有智慧的長老們、占卜師和算命師的看法，然而沒有人能提供真正的答案。

不知道我在窗邊等待了多久。無從觀測太陽，時間已失去意義。終於，外頭石子小徑上傳來熟悉、穩健且迅速的腳步聲。我趕緊將我鬆散的髮絲紮好，換上一套乾淨長袍，一件繡有蓮花的綠色羅裳。

木門一開，我如往常般怦怦心跳，即使他現在汗流浹背，一身塵土。他的黑髮在腦後盤成一個髮髻，以一條銀帶固定，筆直如箭地站著。那身精美的灰袍弄得皺巴巴，下擺磨損，腰間繫著一條玉帶。許多人說他的臉龐較粗曠不算俊俏，高顴骨，而寬下巴間有著明顯的一道溝。如雙翼般的眉毛下，黑眼珠閃閃發光，那銳利的眼神會讓敵人心生恐懼，卻令我心跳加速。

他解下劍鞘由黃金和烏木製成的配劍，放在門邊桌上，同時從肩上卸下一把雕刻精緻且兩端彎曲呈尖角的銀弓。我沒看過這把弓，也許是君王的賞賜。晚點我會把這些武器拿來好好保養擦亮一番，這種工作可以交代侍僕，但打理我丈夫的器物令我寬心，尤其是那些能讓他平安歸來的東西。

當他向我走來，我想貼近他，沉浸在他的氣味中，那股他獨有的味道。現在空氣似乎不再那麼令人窒息，我心情也變得輕鬆起來，也不再那麼害怕了。

「嫦娥，坐著吧，大夫說妳必須好好休息，對妳跟我們的孩子都好。」他溫柔地對我說。

「我沒事。」我說，「整天躺在床上更疲憊。」我的肚子尚未隆起，產期還早，然而他把我當成陶瓷做的一樣。我很幸運沒有像其他人一樣感到噁心想吐，只是偶爾四肢疲憊。

他微笑看著我，但眼裡盡是憂慮。

「怎麼了，后羿？你昨晚怎麼徹夜未歸？」我這句疑問並非指責，而是想讓他說出擔憂。他總是想為我分憂，但我只想與他共同承擔。

「我查出災禍來源了。」他嚴肅地說。

「我們觸怒天神了嗎？」這漫天猛火還有可能是什麼其他原因嗎？

他臉一沉，「是太陽鳥。」

「太陽鳥？」我皺起眉頭，試圖回想我聽聞過的關於牠們的傳說。

「是的，牠們十隻一起出現空中。」

「十隻？」我倒抽一口大氣。「我以為牠們只是個神話故事。」

他搖搖頭。「牠們真的存在，從凡間平地看，只能看到牠們的火焰，但是在山嶺高處，就能看清楚牠們的模樣。」

一顆太陽就足以照亮整個大地，在惡劣的季節已能造成飢荒跟乾旱。我們要如何逃過十隻帶來的浩劫？

「我們難道不能阻止太陽鳥嗎？也許牠們沒意識到自己造成的災難。」

「我試過了，牠們要不是沒聽見，又或者毫不在乎。」他滿臉愁容地看向窗外，「然而牠們又怎會不知道呢？牠們造成的破壞如此顯而易見。」

我陷入絕望。「我們是無法在這樣的高溫存活下去的。」我低聲說道。

他伸出手，掌心覆蓋在我的手上。即使在一起那麼多年了，他的撫摸仍然令我感到悸動及安慰。我翻開他的手與他十指相扣，他這雙手布滿粗糙老繭，然而卻有著與他戰士身形不符的纖細。

「我會去面對太陽鳥，我要阻止牠們。」他堅定無畏地說著，彷彿這是件微不足道的小事。

「不要去！」我馬上抗議，語氣嚴厲到我跟他都嚇一跳。面對危險我並不陌生，我們的婚姻一直如影隨形籠罩在危險的陰影之下。就像一個趾高氣揚的情婦，以可怕的野獸、激烈的戰爭，和暴動革命等等理由，將我的丈夫從我懷中奪走。每一次，我都擁抱著他，帶著溫暖的笑容送他遠行，給予他精神上的支持，我強忍住淚水直到他走遠。

但這次我無法。這比他之前面對的任何挑戰都來得危險。太陽鳥是傳說中的神獸，是天庭裡上古女神的孩子。即使我丈夫能擊退如此強大的對手，這樣的勝利是有代價的，他將會觸怒誰呢？

恐懼無情且冰冷地向我襲來，「為何要你去？為何不是其他人？」這句話很自私卻很誠實。明知他心意已決，我仍開口這麼說。無論多危險，后羿從不會逃避責任。然而，還有誰能挑戰這些肆虐我們天空的巨獸？他是眾人的英雄，我們凡間的傳奇人物……然而今日，我希望他只是我丈夫。

「我必須去。」他溫和但堅定地說。

他目光停留在我們面前的鑲金陶瓷茶具上。我們的櫥櫃裡堆滿好幾袋米、豆子、魚乾、醃肉，以備不時之需。侍僕已經在紫檀木桌上擺好了飯菜：藥燉全雞，一盤翠綠炒菜，還有軟得我們吹彈可破的豆腐。

這位大將軍無所欠缺。

「我們現在很幸運。」他低聲說。「但是河川已乾涸，土壤已荒蕪。饑荒近在咫尺，很快波及於此。當我騎馬經過那些村莊時，人們的哭喊聲傳到我耳裡，孩童們凹陷的臉頰令我撕心裂肺。窮人最先受苦，然而死亡終究籠罩所有人。」

我真想吶喊：那你的妻子以及尚未出生的孩子呢？要是你出了什麼事怎麼辦？但是我淚眼盈眶，默默吞下這些話。我已習慣獨自承擔內心的恐懼，不想增添他人麻煩。

他從花瓶裡取下一朵紅牡丹，這是我們花園裡最後一朵未枯萎的花，他折斷花梗，把牡丹戴在我頭髮上，就像過去我們談戀愛時他常做的那樣。有時候他離家太久，我想念他就會塞一朵花在頭上。但是這裡已經開不出花了，只剩下枯萎的花梗。

「嫦娥，我會平安歸來的，我保證。我不會讓妳跟我們的孩子獨留世間。」

我再次試圖勸阻他：「但是太陽鳥深受天神寵愛。」

他微微一笑：「也許天神也會眷顧我。」

他脖子上閃耀著一條我未曾見過的金項鍊。是護身符嗎？是他從市集買來的避邪之物嗎？我想讓他全身掛滿這種東西，只要它們能將他毫髮無傷地帶回來。

他繼續說道：「我並不想攻擊太陽鳥，我仍然想跟牠們講道理。」

但如果牠們不願意聽呢？但是我不再多說什麼，當他心意已決，講再多都無用。我不想浪費我們在一起的一分一秒用來吵一場不會贏的架。我不應該成為他的軟肋，不能在他需要堅定身心時成為他的負擔。因此，我微笑著點點頭，將我們飯菜中最好的部分夾給他。就寢時我強忍淚水，若這晚我抱得太緊，他也不會有任何怨言。

隔日清晨我起得很早，全身汗水淋漓，后羿用厚布遮蓋窗戶，並把布塞進門縫阻擋嚴酷的高溫，努力留存一絲涼爽。即便夜晚，太陽鳥仍然持續發威摧殘大地。我內心沉重，明白我丈夫是對的，我不能那麼自私，不應該當個懦弱的人。只有他能帶給大家一絲希望，如果放任太陽鳥不管，牠們將會摧毀所有人。

門邊來了一名侍從，應該是被我的腳步聲喚醒了，她仍然睡眼惺忪，我揮了揮手讓她回去睡覺。我用昨晚剩下的雞肉親自熬煮一鍋粥，放上一些枸杞和薑片提味。我將麵團擀成條狀，炸得酥脆金黃，不能炸太久，才能保持裡頭柔軟耐嚼，然後又端了一碗茶葉蛋上桌。

我丈夫靜靜地用餐，皺著眉頭若有所思，心思早飛到九霄雲外。有這麼一刻，我同情起他將對付的敵人。他可是眾人皆知、凡間最厲害的戰士，他一定會征服太陽鳥並且安全歸來，當我陪著他走到門口時，內心一遍遍地這樣說服自己，雙手緊緊抓著他的頭盔，直到我的手上壓出凹痕。他低下頭，我輕撫他柔軟的頭髮，前一晚才用手指細細梳理過他的頭髮。然後他靠向我，有些用力且急迫地吻我，彷彿在品嘗我的味道。我的矜持頓時瓦解了，雙臂環抱他的脖子，緊緊抱住他。他把我抱在懷裡，盔甲摩擦著我的身體，但我沒有因此退縮，陶醉在這種親密之中。

那些認為我冷漠的人，是因為不曾見到我跟我丈夫在一起的樣子。

「在屋內等我。」他在我耳邊低語，「別外出找我，這高溫太猛烈。」

他摸了摸我的臉，然後把手放到我微凸的肚子上，然後點了點頭，大步穿過大門，走入刺眼的陽光之中。我在屋簷遮蔭下，目送他上馬，他拉一拉韁繩，馬匹順從地轉了一圈，便奔馳而去，我們曾經鬱鬱蔥蔥的庭院裡揚起碎石和乾枯塵土。陽光照射我丈夫，我看見他身後某物閃閃發亮——那是我昨天瞥見的銀弓，我真心祈望它能完成任務。

*他會回來的。*他從未違背對我的承諾，我整天上百次地提醒自己這顆不可靠且多疑的腦袋。我時不時咒罵自私的太陽鳥帶給我們的災難，牠們為何十隻同時出現在天空呢？牠們為何不停止作孽？天上玉帝為何沒有秉持公道並行使天命將牠們抓起來？

我立刻斥責自己產生如此危險的想法，胃裡翻騰瘋狂的不安。我急忙跑到神桌前，手指顫抖地找出線香，點燃三炷香，跪在地上，吸著散發出的薰香。我彎下腰，額頭觸地，嘴裡喃喃祈禱著。自從發現自己懷孕後，我每天都誠心供奉神明，祈禱健康，祈禱平安分娩，祈禱生出一個強壯的孩子。在這麼關鍵的時刻，我不敢激怒諸神，即使此刻我丈夫正是騎馬前去挑戰祂們。

我起身，無精打采地走向一張椅子，這是我第一次感覺到我們孩子的重量，並非祝福而是種負擔。我一邊喝著茶，一邊搧著扇子，雖然對抗高溫沒什麼幫助，但那有節奏的擺動讓我舒服一些。

展開的扇骨上彩繪優美的梅花，白雪落在艷麗的花瓣尖上，點綴深色樹枝。這是我丈夫送我的禮物，比珍珠玉石還寶貴，因為他當時所說的話。

「為什麼是梅花？」我好奇地問，當時已經是春天，是牡丹或木蘭花的季節。

「因為梅花讓我想起妳。」他那時這麼說，「即使冰天雪地裡都能盛開，纖細的花瓣內藏一股力量。」

這是我愛上他的原因之一，他不像其他追求者那樣，只會談論我的美貌，只會在我的眉弓和嘴唇的弧度上做文章。這就是為什麼他不在的那些年，我一直等著他，我心裡明白我不會嫁給別人。

我的思緒又飄回苦守丈夫的危險。我瞇起眼，透過窗戶窺看著火般的天空，一介凡人要如何擊敗天庭的神獸？縱使我丈夫並非普通人，而是世上最偉大的弓箭手，但天賦並非決定命運的唯一因素。運氣，往往才是關鍵所在。

時間流逝，也許過了半天？午膳仍擱在桌上，原本軟嫩的餃子變得又乾又硬。我不敢冒險踏入炙熱的庭院，那裡曾經花團錦簇，庭中凹陷的大洞曾經波光粼粼，泛著漣漪，錦鯉優游其間。如今全都乾涸，光禿一片。

后羿會獲勝的，他會毫髮無傷地回到我身邊。他從未對我食言。解決這場災禍後，我會要求他退伍，不再讓他冒險，他已經為國家奉獻太多。到時他將只屬於我，不再受國事紛擾。我也可以做到固執不退讓，尤其是為了保護我家人。如果要以他的性命作代價，我寧可不要這漂亮的房子、我們的侍從，以及高雅的庭園。哦，沒錯，如果我能與他共度餘生，珍貴的幾十年，直到我們安息，永遠陪伴著對方……我就心滿意足。

甜美的夢想在內心湧動，讓我暫時逃離磨人的焦慮，我想像我們回到初次見面的村莊，用紅磚打造自己的房子，在這個他從太陽鳥爪中奪回、差點瀕臨毀滅的世界裡，一起扶養我們的孩子。我會為一家人修補並縫製新的衣裳，滿心喜悅地不用再見到他閃亮亮的盔甲，上頭沾滿著無論我如何奮力洗刷都清不掉的鐵與鹹味，總是臭氣熏天。一想到上頭流淌過我丈夫及敵軍的鮮血，我就感到反胃。那些沒有臉的、被他的劍擊倒，或被箭射穿的敵人們在我腦海揮之不去。他們的父母、配偶及孩子們會弔念著他們，並詛咒我丈夫，為他的喪命而欣喜。

突然一陣寒意掠過我的肌膚，我打個冷顫，雙臂環胸。大夫曾警告說我的情緒可能會像剛才那樣陰晴不定，從興高采烈一下子變成憂愁恐懼。所以這不是預感，我極力提醒自己，拋開心中的疑慮。

眾神庇佑，后羿會回來的，而且不再與我們分離。

后羿

十個太陽

《月宮少女星銀》前傳，后羿與太陽鳥傳說新詮。

天空著火了。那種一片藍天中雲朵飄移的寧靜日子已然消失。暗夜久無星月照耀，我們的世界正在毀滅。

我抬起頭，刺眼的亮光使我瞇起雙眼。我已不確定這一切何時開始，起初這燃燒的天空看似神祕現象，日復一日的灼熱，直到我爬上附近山頭，才看清楚在高空嬉戲的太陽鳥。總共有十隻，牠們歡樂地在火焰中舞動，想到這個畫面，我就一肚子火，牠們如此歡樂的同時卻帶給人們苦難，真是荒唐。我對牠們吶喊，儘管聲嘶力竭也無濟於事，於是我不得不今天前來阻止牠們。

我騎著馬，熱浪如透明的火焰燃燒著我的臉頰，每一口呼吸都像吸入蒸汽般地灼熱，從我的鼻腔，滾入我的喉嚨。難怪周圍毫無活物；凡人、走獸、昆蟲等等，都盡可能尋找庇護，躲避悶熱的折磨。

找到一方陰涼，我勒馬駐足，牠順從地放慢速度停下來。我跳下了馬，扯掉頭盔，剝除身上盔甲的時候還燙傷了我的手指。脫到只剩一件長袍時才終於讓我稍稍感到舒緩，儘管汗水從我的脖子流到後背，黏答答地貼在身上。我把盔甲藏匿在附近的一棵樹下，但懶得遮蓋，這種日子不會有竊賊外出，更別說還有力氣搬走一堆金屬重物。而對眼前的敵人來說，盔甲幾乎沒什麼保護作用，我是懶得戴，但穿成這樣，嫦娥才會安心。

稍早與妻告別時，她試圖掩飾她的擔憂，但從她僵硬的微笑、過緊的擁抱以及眼底過於明亮的光芒中顯而易見。我吻了她，緊緊地擁抱她，感受她的心跳聲。要是我能緩解她的焦慮就好了，但我不會放棄我的使命，即使是為了她。國家的命運取決於我的成敗。

沒有比這更崇高的使命，也沒有比這個更艱鉅的責任了。

儘管天氣炎熱，但我卻打從心底發寒，濃濃的不安在血液裡流動。然而我慣於壓抑恐懼，恐懼害怕是無用的，只會偷走勇氣及決心。將領也會心存疑慮，然而我們不能表現出來，我們不敢表現出來，如果要帶領軍隊，誰敢跟隨一名懦夫？要是我們自己都畏畏縮縮，要如何命令別人捨身奉獻？因此，我們將恐懼埋藏深處，幸運的話，還可以做到自欺欺人。

但是我的憤怒呢？這點我堅不退讓。異常的寂靜、枯萎無生氣的植被、滿是塵土、毫無濕潤痕跡的乾涸河床，這些都令我發怒並下定決心。勢在必行，我必須挑戰任何凡人都害怕面對且眾神寵愛的神獸。

我們在貧瘠的土地上馳騁，馬蹄揚起陣陣塵土。我吸氣時嗆到，塵土衝進我口腔上顎，充滿我喉嚨深處。我的腳跟踩在馬腹兩側，催促牠前進，即使疲憊不堪，牠沒有躊躇不前，但牠動作開始緩慢不穩。牠的力量是否因酷熱，如破裂的水桶中流出的水般漸漸耗盡了？又或者牠感受到我的不安？我這匹馬兒跟隨我出征無數戰役，但從來沒有一場像這次。這一次，戰線單純，不須掩護戰友，無事干擾我專注眼前的一切。在這令人窒息、吞噬一切的炎熱中，只有令人毛骨悚然的死寂和越來越深的恐懼。

森林深處，即使只有稀疏幾片樹葉，那些樹尚能遮蔭。我快馬加鞭地穿過樹林，見到一座山就如同傳說中那般聳立於乾枯龜裂的平原上。白色的雲霧籠罩山腳，緩緩上升，掠過山頂的雲層，就像一頂煙霧繚繞的王冠。我立刻拉住轠繩，馬兒倏停。

崑崙山，一座難以抵達且充滿傳奇的山，據說是神仙下凡時的居住地。太陽烏之前不理會我的請求，我要更接近牠們，再努力嘗試一次，或許牠們這次就肯聽我說了。我曾認為崑崙山是講給年輕勇士們聽的傳說，用來鼓勵他們踏出探險之路，以光榮的夢想激勵他們。據說這裡的土壤能長出稀有植物，可讓挑食的人胃口大開，還可治癒致命傷口和疾病。有些人相信崑崙山不只是通往天堂的大門，也可通往黑暗禁地，那個我們不敢直呼名諱之地。少數人甚至私傳著，長生不老的祕密就藏在那裡，一種讓人成仙的神奇靈藥。許多人都在尋找這靈藥，然而無論君王及平民老百姓，所有人都空手而歸。但他們的失敗並沒有減少那些謠言，可能是因為我們總是想要相信那些超越生命的承諾。不過我不是那種追逐海市蜃樓的人，永恆只有在你能與摯愛共度才有意義，如果讓你遠離所愛，一切便毫無意義。

快到崑崙山了，空氣變得涼爽，彷彿與酷熱的高溫隔絕。來到山腳下，我下馬並牽往一處高聳岩石，兩側都是翠綠的樹。我在樹上掛了條厚毯子權作簡易庇護帳篷，然後將韁繩繞在一根堅固的枝幹上。我拿出皮革水囊，小心翼翼地將水倒入碗中，我的馬急切地咕嚕咕嚕飲著水。牠會有耐心地在崑崙山樹蔭下等待；要是我沒有回來，牠可以自行掙脫韁繩回家。

我打直身子，拋開這念頭，幻想失敗是走向失敗的第一步。相反地，我應該想著我妻子，當我凱旋歸來時，她柔和的臉龐以及眼裡的光芒，當我抱起她時，她將用手指撫摸著我的臉，一旦我趕走了這十個太陽，一旦夜晚回到我們的天空——她在月光下如此美，銀白皎潔的月光輕輕拂過她如玉般的肌膚。

當皇上命令我前去對抗太陽，結束老百姓的苦難時，我毫不猶豫地遵從了。我並非無私；我這樣做是為了我自己，為了我的家人——為了拯救我們生活的世界，這個我們孩子將繼承的世界。當我兩相權衡這些恐懼和國土的命運時，我認為這是一體兩面的，沒有什麼比這更值得奮鬥的了。當危險籠罩地平線上的每條道路時，這想法令人欣慰，即使是勝利背後夾雜著威脅。最終，我要不是變成一具燒屍，就是觸怒神靈。

但我並非傻子；我將試著與這群神獸講道理，要是失敗了，我可能試看看嚇跑牠們，和平解決比較好，我不希望見血，我已殺戮太多。

我踩過草叢，油綠嫩草夾雜些許乾枯的棕色葉子，如星星般的小花朵朵點綴，不過大多萎縮，瘦削如爪。我舉起水囊，不顧一切地大口飲水。我閉上雙眼，胸口感到心臟怦怦撞擊。還有其他的聲音，來自我背上的弓，發出低沉的嗡嗡震動聲，在我的身上產生共鳴。這把銀弓雕刻著精細的老虎圖騰，弓臂兩端就像獠牙。不知何故，即使烈日曝曬，它仍然保持冰涼——就像我塞在長袍下的這個刻龍玉珮墜飾一樣。是這些東西讓我有了勇氣來此嗎？來自天上玉帝的寶物，賜給祂揀選來拯救凡人的戰士——至少這是夢中的白髮仙人告訴我的，是祂將這些物品交給我。

「切勿告訴任何人。」那位神仙這麼說，祂全身散發出微光。「必須是你獨自結束這一切，否則凡間注定毀滅。若他人同行，那是送死。」祂語帶命令，雖令人不快，但卻如同不可違逆的預言，並未使我感到被輕視或高高在上。

朦朧之中，我點頭答應。我確定那是一場夢——然而我醒來後脖子上繫著一枚玉珮，手指緊握著那把弓。很慶幸嫦娥當時沒有見到這些物品，所以我不必對她撒謊，雖然隱瞞此事仍令我不安。儘管如此，無論發生什麼事，我都得到了天上玉帝的祝福——據說祂很仁慈、睿智且公正，對我來說是很重要的慰藉。

山腳下有一條小徑蜿蜒穿過柏樹和竹林。空中迎面吹來徐徐微風，伴隨著茉莉及檀木香味，是代表著祈福及希望的薰香。小徑陡峭，我快步向前同時謹慎小心。若不慎墜落就如此結束生命，那會多令人不甘心。但是，真的有善終這種事嗎？所有的死亡都會帶來痛苦，故事未說完便嘎然而止，誰能發自內心地說自己的生命完整圓滿呢？

我的思緒再次飄向妻子，想著她此刻在做什麼？她既不會刺繡，也不會演奏樂器，她會在閱讀嗎？還是躺在床上休息？我想像著她來回踱步的樣子，她閒不下來。而最重要的是，她不喜歡我像這樣離家遠行，並且不確定何時歸來。我也從來都不想離開她，但我什麼也沒說，不想讓她苦惱。

接近山頂的光線刺眼令人目眩，天空宛如沉浸紅銅色的河流中。太陽鳥在上方像有生命的火球般地發光，牠們額頭上捲起一根深紅色的羽毛，像跳躍的火焰般顫動著。牠們以超凡的速度在天空翱翔，所過之處都是火花。十個太陽，本應僅一個升起。我憤怒地瞇起眼睛，彷彿感應到我的想法，牠們詭異地同時轉向我。

「回家吧！凡人，這裡不適合你。」其中一隻說道，牠的聲音就像在歌唱般，如孩子般背誦童謠。

我挺直身子，盡可能平心靜氣地說。「是你們必須回家。你們燒毀了我們的森林，使我們的河流乾涸，讓我們的農作物枯萎成灰。許多人因此喪命；還有無數人正在受苦受難。」

一陣靜默，我心想也許這次牠們終於留意我說的話，也許牠們上次沒有聽到。但接著，最大的那隻太陽鳥仰頭大笑。「如果凡人因此死去，那你們就太軟弱了。你看起來不錯，肌肉結實，還有登上崑崙山的力氣。」

另一隻俯衝飛了過來，爪子閃閃發亮，「別對我們撒謊，凡人！崑崙山下鬱鬱蔥蔥。」

我咬著牙，強忍怒氣，「身為元帥，我是比其他人幸運。或許你們傷害不了崑崙山，但往遠處看一看吧，看看你們所摧殘的景象。」

「摧殘？」其中一隻不可置信地重複我的話，牠鮮紅色的羽毛豎起。「我們的光芒是祝福，我們備受尊敬，受人崇拜。冬季時縮短飛行時間時，人們還會懷念我們。長久以來我們都被日出日落約束，現在終於嘗到一同玩耍並翱翔天際的自由滋味！我們不會放棄，我們不會離開，我們正在盡情享樂！」

「你們必須離開。」我用士兵們聽了會害怕的嚴肅口吻說，「你們正在毀滅我們的世界；你們正在摧毀我們所有人！」

其中最小那隻，抬起牠的頭，額頭上的羽毛熠熠奪目，就像鍛造中閃亮的金屬。「哥哥姊姊們，或許我們應該回家去找媽媽了。她應該康復了，她現在一定非常擔心……或生氣。」

「她不會在意的。」她的兄姊裡其中一位向她保證，「她才不在乎凡人的死活，否則她早就前來阻止我們了。」

牠們的母親是日之女神嗎？她為何讓牠們如此撒野破壞？要是我傷害了牠們，她將如何對待我？不行，我責備自己，我不該想這些，我必須專注眼前的險境，不應該出現其他干擾。

最大隻的太陽鳥又開口了：「小妹，別被這凡人嚇到了。他是個胡亂編造故事的騙子，我們在這裡完全沒有聽到任何哭喊聲。」

這些侮辱刺痛了我的心，但我不會上當的。「你們沒有聽到，是因為你們選擇不去聽。飛到離地面近一點的地方，讓你們的眼睛和耳朵揭示真相。」

「聰明的詭計，」另一隻嘲笑道，牠的羽毛比其他隻呈現更深沉濃烈的金色。

「他是個想要靠我們致富的獵人，想要捕獲我們。這只不過是另一個炎熱的夏天罷了。」

其他隻紛紛極力點頭，最小的那隻太陽鳥也低下頭表示默認。牠們再次像展開的扇葉般衝向天空時，我再也克制不住脾氣了。「你們這些無情的生物！」我大聲指責牠們。「我既不是騙子，也不是想靠你們致富的獵人，而是一位身經百戰、擊敗過各種怪物的戰士。你們趕緊回家吧！否則我不會手下留情的。」我不知道這種魯莽的自誇是怎麼來的，但我無法收回我說的話，我不敢顯露出其實我打從骨子裡因恐懼而發寒。

「想打發我們走？」其中一隻嘲笑地說，「即使天庭天皇都不敢來擊退我們。無論凡人或神仙都無法阻止我們的。」

「天庭天皇？」我困惑地說，我沒聽過這位皇帝。

牠們不理睬我，像熾熱的彗星般盤旋到更高的空中，一會兒牠們就會聽不見，遠不可及。「等等！」我絕望地呼喚著牠們。「為什麼要這樣做？為什麼不讓我們平靜過日子？」

最大的那隻轉過身，慵懶地轉個圈朝我飛來，牠的瞳孔閃爍著如新鮮濕潤血液的光澤。「因為我們高興。」牠嘶嘶地說。「因為我們厭倦了日復一日的工作，晨起照亮大地，日落而去。因為我們想擺脫這樣的約束，想要一起玩耍，更重要的是，我們一點都不關心你們那可憐兮兮的世界！」

牠拍打著翅膀，羽毛噴出陣陣火焰，燒到我的長袍，我立刻倒地，在泥土地上翻滾來熄滅火焰。牠們的笑聲震耳欲聾，憤怒像一把炭火般在我胸口燃燒；這種毫無悔意的行徑實在可惡！我猛地起身，抽出並解開銀弓，高高舉起，手指扣在弦上，我輕而易舉地拉開弓弦。一支半透明的冰箭在我指間成形，我抓穩著弓，一股奇妙的脈搏在我血管裡跳動，消耗著我的力量——不是那種四肢疲憊感，而是來自某種核心深處。我深吸一口氣後，將腦海中所有雜念拋開。弓箭發射出去，從太陽鳥群中間劃過。我並非失手；我是要吸引牠們的注意，而不是讓牠們流血。

「現在離開吧，否則接下來我就把你們一一擊倒。」我的語氣充滿威脅，勸說無效。

十隻太陽鳥全都愣住，牠們全轉向我，「凡人，你如何拿到這武器的？」其中一隻咆哮。

是天上的玉帝。我差點驕傲地脫口而出，但我想到那位神仙警告我不能洩漏此事，「你們知道這武器嗎？你們害怕它嗎？」於是我挑釁地說，希望能嚇阻牠們。「我從不失手。現在就離開，我不會傷害你們，大家相安無事。」

牠們的笑聲就像銅鈴般叮噹響起，擺動著羽毛，一陣沸騰的火花傾瀉到我身上，我及時閃躲一旁，差點被燒到。

「吹牛的凡人。」空中響起一聲冷笑。「你永遠無法擊敗我們的；你動作太慢了。」

我咬牙切齒，已經很久沒有人這樣長久嘲笑我了。牠們說話的方式讓我回想起小時候遭遇的那些嘲弄，那些遊戲場上人人紛紛躲避的惡霸們——牠們的行為絕對不可饒恕。牠們不會停下來，我必須阻止牠們。面對那十雙熊熊燃燒的眼睛，我驕傲地抬起下巴，儘管腦海中仍瘋狂地想著能化解局勢的話。

我還來不及開口，最大的那隻展開雙翅，「趕快回家吧，凡人，再激怒我們，我們就追捕你全家，燒個屍骨無存，然後把你家人的眼珠子從眼窩裡挖出來！」

其他隻跟著咯咯大笑，妻子的身影浮現我的腦海：這些殘忍的怪物抓住了嫦娥，爪子掐入她柔軟的身軀，她眼睛睜大，眼神驚恐，然後突然被撕裂開來。我的手腳因恐懼而僵硬，憤怒像濃霧般籠罩著我，一股強烈的念頭在內心逐漸膨脹——

我得消滅這些威脅我們所有人生命的邪惡怪物！對牠們來說，凡人的生命如草芥般可以隨意踐踏，毫不珍惜。

我拋開疑慮，又引了另一支箭——我放開手，箭飛起，射穿膽敢威脅我摯愛的那隻太陽鳥脖頸，牠是最大隻的，或許擊敗牠能嚇阻其他隻。我不想傷害牠們，但我必須盡可能地保衛我們的安危。牠琥珀色的血飛濺而出，刺耳的叫聲劃破寧靜，我背脊發涼，毛骨悚然。怪物在痛苦中抽搐，羽毛上的火焰熄滅，全身結霜，如灰燼般暗淡。牠自空中墜落，不似石頭般直墜，而如無風晨曦裡搖曳而下的風箏。最終，牠狠狠摔落地面，爪子蜷曲，翅膀微展，靜默無聲。

我深深感到一陣恐懼，悔恨切割著我的胸膛。隨著這一擊，所有和平解決的希望都破滅了。我怎麼能允許自己因威脅和嘲笑而上當，像個未受訓練的士兵一樣？我曾在戰鬥中受詛咒、威脅和哄騙過，然而當太陽鳥威脅到我的家人、我的妻子和未出生的孩子時——我內心崩潰了。現在別無選擇，只能奮戰到底。我必須毫不留情地殺死牠們全部，否則牠們就會追捕我和我所愛的一切——不再是為了消遣，而是為了復仇。牠們將更加惡毒，更加致命。

陣陣尖叫聲劃破空中，震耳欲聾。太陽鳥們一致朝我撲來，速度比狂風還要快。我不敢移開目光，那十八雙紅眶眼睛殺氣騰騰地盯著我。

儘管內心充滿恐懼，我的雙手依然保持穩定，撐到快要全身分崩離析。我的手指飛快地搭弓引箭，冰箭瘋狂飛舞，劃破火焰。又有一隻被擊落了，接著第三隻，牠的羽毛燒到我的肩膀，摔到我腳邊。鮮血從我指關節滑過，順著我的手臂流下。我的手掌滿是鮮血，而疼痛——我甚至什麼都感覺不到，我本能緊緊地壓抑著內心膨脹中的恐懼。

我內心深處一股奇怪的疲憊感深深沉入——如此沉重，彷彿被困在石頭般。一股火浪襲來，速度快到來不及躲避，我再次快速射箭，再次擊落一隻太陽鳥。我可不會這麼輕易讓自己送命；我會奮戰到底，做好承受疼痛、皮膚起泡的準備。伴隨我加速的心跳，悔恨紛紛湧上心頭：應該多抱我妻子一會兒，好想看看我們孩子的臉龐——

火焰吞沒了我，猛烈地嘶嘶作響。煙霧和亮光刺痛我的眼睛，我緊閉起雙眼，試著在這場惡夢中尋找一絲清醒。我艱難且急促地吸吐氣，然後突然意識到……我還活著啊。除了疲勞和染血的雙手之外，任何痛苦或折磨忽然都消失了。我用力睜開眼皮，一道清涼的光芒籠罩著我，在我的身上環繞流動，澆熄了火焰。正如那位神仙所說，玉珮可以保護我免受太陽鳥的攻擊。

我鬆了一口氣，今天我不會死；我可以信守對妻子的承諾，活著回到她身邊。突然，我全身一陣麻木，接著雙手瘋狂地射出箭矢，無情地劃過空中，一一射向太陽鳥。我的身體本能地避開了牠們的攻擊，火花如風吹花粉般四散。我正瞄準要發射下一支箭，但馬上停了下來——晴朗的天空中僅剩一顆深紅色球體閃閃發光。

原本十隻，眼前僅剩一隻。牠在上方盤旋，是悲傷還是恐懼？還是又悲又懼？牠不斷游移徘徊。我的內心拉扯，這是個我必須克服的弱點。我不能憐憫這怪物，因為牠必定會復仇到底，牠親眼看見我殺死牠所有手足；無論如何牠肯定會憎恨我。我不能心軟，讓仇敵存活下來；儘管我心中漸漸滋生同情，我都必須毀掉牠。我打起精神，舉起弓，指間出現閃亮亮的冰箭。我瞇起雙眼，集中精神瞄準那道光——眼前卻看見牠的雙瞳不再鮮紅，而是像我的一樣呈現黑色，就像我妻子的，也跟我未來孩子的一樣。

「別殺我！」牠崩潰激動地說，「如果你殺了我，誰來照亮你們大地？」

是「小妹」——其他隻如此稱呼牠。就是牠試圖說服其他太陽鳥離開。但牠一樣有罪，她的行為說明一切。但是，她話中的恐懼和苦苦哀求，讓我實在下不了手。我的憤怒逐漸消退，沸騰的熱血消散，理智回頭訓斥：我是否真的如此殘忍，殺到如此片甲不留？

「我要如何信任你？如果是我，我一定會尋求報復。」我沒有收回雙手，箭矢依然瞄準她——然而這次我感到胸口有如一塊鉛塊沉重，難以下手。

「我發誓，我會繼續為凡人履行職責，而且絕對不會尋求報復。」她嚴肅地發誓。

「我殺了妳的手足，殺了你們九隻。」我這麼說並非幸災樂禍，而是試探她。她輕輕吐出一聲嘆氣，如微風輕吹樹葉。「我很想剝掉你的皮，將你的屍骨灑向四海。」她眼神充滿怒氣，然而語氣滿是哀傷，「但我想要活下來，我想要回去找我母親。我會信守承諾。」

她說的話令我不寒而慄，但她的誠實以對比任何懇求或討好更具說服力。她看起來不再令人害怕，渾身顫抖著，彷彿很脆弱，儘管她的力量無疑是非常巨大的。我做錯了嗎？我把太陽鳥們年輕氣盛的傲慢誤認為是純粹的邪惡嗎？這並不能為他們的行為辯護，但這種想法讓我感到不安。

「走吧。」我低聲說道，「回家吧。」

她二話不說，展開翅膀飛向高空，天空不再燃燒，重現平靜的藍色。我深吸一口氣並屏住呼吸，空中不再有焦味，也不再灼熱。我放下弓，跪倒在地。遠方傳來一陣歡呼聲，隨風飄揚，我隱約聽見人們呼喊著我的名字。他們一定知道我擊敗太陽鳥了，我解救大家了。

但勝利的喜悅在哪兒呢？為何我感到哀傷？我又將遭受怎樣的報應呢？

只剩一隻太陽鳥照亮這片土地。牠是牠父母巨大悲傷中僅存的一絲安慰。我不會自欺欺人；我今天所作所為一點都不仁慈，我是個小偷，偷走一對父母的九個心肝寶貝。現在我即將成為父親，我體悟到我對這個家庭造成的破壞。神仙的心必定也像凡人一樣會淌血。無論我的理由為何，這樣的傷害永遠不會被原諒——儘管那隻太陽鳥發誓不會報復，復仇之火仍將在牠的血液中熊熊燃燒，直到我埋入塵土，直到名字都被遺忘。

那隻太陽鳥變成空中一小點，黃昏的帷幕緊隨其後，夜晚再次降臨，凡間眾人都能鬆口氣了。但當我凝視著自己沾滿鮮血的雙手，以及九隻散落於地、羽毛雜亂的太陽鳥屍體時，我無法擺脫內心逐漸蔓延的不安，因為這不是終點，而是一個轉折。如今有了這麼多的牽掛——心愛的妻子和即將出生的孩子——我第一次對任何變化感到不安與恐懼。

嫦娥

月之女神

《月宮少女星銀》前傳，以仙域天庭為背景的嫦娥奔月傳說新詮。

庭院裡菊花盛開，細長的弧形花瓣展現鮮豔的紫、黃和紅等豐富色調。樹梢正褪去綠意，轉換成珠寶般的琥珀與石榴紅，空中瀰漫涼爽的氣息，使我精神奕奕。我最喜歡的季節，秋天即將來臨。然而，豐富的自然美景沒有帶給我太多喜悅，因為我正面對著丈夫嚴峻的臉色。「妳必須去給另一個大夫看看，嫦娥。」他很堅持，拉著板凳更靠近我一些。

「不用，后羿，這又有什麼幫助？我已經聽夠他們那些悲觀的診斷了。」我的聲音很無力，十分疲倦。我上一次身體感覺舒服是什麼時候？

「那我把大夫帶來看妳。」儘管滿臉擔心，他的口氣仍保持平靜。

接著陷入尷尬的沉默，最近常常如此。我們都在嘗試說服對方回心轉意，卻沒有一方願意聽進去。

我下意識伸手環抱圓潤的肚子，手掌感到微微踢動，一絲興奮之情湧上心頭——即使我依然滿懷擔憂。我們的孩子，我們最大的喜悅，變成了謹慎以待的不祥預兆。我早已厭倦大夫們檢查我的脈搏及身體時搖頭的模樣，他們低聲與我丈夫說話，一邊斜眼看我，彷彿我是個無知的生物，無法理解他們嚴酷的預後判斷。彷彿我的身體不是我自己的，此事與我無關——即使是我要去背負他們診斷後的重擔，是我要去承擔他們如此冷酷無情地預測的危險。

近來，警告越發沉重：說我目前情況很複雜，我和孩子都有可能沒命，還可能面臨更嚴重的……我嚇壞了，我怎麼可能不受驚嚇？死亡曾經如此陌生，如今卻不斷出現在我腦海裡。我轉過頭，躲避我丈夫關心的眼神，我羞於啟齒內心感到的恐懼，羞於坦白說出每次的診斷都在削減我僅剩的一絲希望。他怎麼能理解這樣的絕望及害怕呢？他是個英雄，最英勇的凡人，他曾面臨死亡上百次，最終總是戰勝。他的事蹟被寫入書中受人讚揚，在茶館裡人們傳頌。家裡每天不斷湧入向他致意的禮物，無論是一箱箱的黃金、玉器，還是稀有文物，他全都婉拒了。

他曾經告訴過我，他唯一想要的寶物就是我們一家人永遠在一起，攜手共度餘生。期盼湧上心頭，我曾以為這夢想指日可待……直到這場惡夢，直到我對我與孩子的生死充滿恐懼。

彷彿試圖躲避這些可能令我抓狂的念頭，我開始轉移注意力。后羿唯一收下的贈禮是長生不老靈藥，是他射殺了太陽鳥因此大地免於被毀滅後天神賜予他的。他因這場勝利受到讚揚，然而殺了那些鳥讓他付出極大的代價，奪走他內心某種無以計量之物。他試圖隱瞞，但是我了解他，如同了解我自己。殺死神獸本非易事，更何況牠們還深受眾神喜愛。他很清楚自己在做什麼，而且除了殺了牠們之外，他別無選擇——然而我丈夫從那天起開始變了。接下來的幾個星期，他都處於緊繃狀態，似乎等著什麼事情發生，等著某個他需付出的代價。然而，太陽鳥幾乎都死了，還能做出什麼傷害？就像我丈夫所說的，僅存一隻太陽鳥，牠還宣誓了不會尋仇。沒有神仙會來報復，也不會有什麼可怕的報應降臨。

或許是我太小題大作，我努力說服自己，即使內心焦躁不安。沒有任何分娩是不危險的，這樣的恐懼是正常的，意料之中的——並非什麼預兆。毫無疑問，這跟我丈夫奪走神仙性命也毫無關係，他甚至還從天神手中獲得獎賞。

然而，這種靈藥既是恩惠，也是詛咒。這件事讓人既安慰又煩惱。一旦別人發現我們得到什麼，就會掀起一場風暴——君王和貴族、小偷和盜匪，都會爭相奪取——而那些拿不到靈藥的人肯定會對我們產生敵意。皇帝必親自前來索之，要求我們納貢，而我們怎能違抗他的命令？沒有任何凡人——無論多麼強大、多麼受人尊敬或受到祝福——能夠同時承受這種壓力。擺在我們面前的選擇簡單明瞭：要麼吞下靈藥，要麼永遠隱匿。

后羿第一次把靈藥拿給我看時，我問過他：「你會吞下這靈藥嗎？」問的當時我心臟不停怦怦跳，一方面也是因為預期發生的別離而感到恐懼。誰能抗拒長生不老？更不用說他了，天天上沙場面臨死亡，見證無數凡人生命的脆弱，眼睜睜看著倒楣一摔、箭矢一發，或刀刃一擊，性命就此了結。

他搖搖頭，握住我的手。「那瓶靈藥只夠一人，我絕不會留下妳，我的摯愛。」

我相信他，因為離開他，我也無法承受。只有我們兩人知道靈藥藏在哪裡，就塞在我們床鋪下的隱藏隔間。就算在安靜的家中我們也很少談論此事，因為擔心隔牆有耳。這是通往永生的鑰匙，擁有超乎夢想的力量。金塞玉瓶藏著的祕密，就這樣在沉默中逐漸酸腐。當我們睡覺時，這個祕密就藏在我們的身體下方成了隱形鴻溝，我們過去不曾如此，如今卻有了壓在心頭上的重擔——說不出口卻又揮之不去。

「那靈藥，我們該怎麼處理？」現在我鼓起勇氣開口問，他不喜歡談論此事。也許這讓他想起他所放棄的東西。

「妳為何想起此事？」他皺眉搖頭，「嫦娥，這些事妳不須擔憂。妳不會死，妳會平安無事，我們的孩子也是。我們去找大夫們盡可能地查明原因。我不會讓妳們置身危險的。」他的表情嚴峻，令人生畏；若是仇敵看到，還有可能嚇跑，但世上什麼能嚇倒死神呢？

「你可曾想過喝下靈藥？」我又問這個老問題，不想轉移焦點，想得到更多保證。「妳不一起就不喝。絕不會留下妳。」他毫不猶豫地回答。

他的答案讓我很高興；這樣應該就足夠了，然而，我的內心卻背叛我，想著各種可能發生的情境，心思游移不定，想要得到更多的保證。也許察覺到我的不安，他低下頭看我，輕聲說道：「我會去尋找另一瓶靈藥，然後我們一起喝，妳願意嗎？我們在天上永遠一起生活？」他眼裡的光芒明亮且堅定，換作他人可能只是空話，但對他來說，這就是承諾。

永遠，與我最愛的人在一起。會不會要求太多，太貪心了？這是個不可能的夢想，但這也是為何夢想總是比現實更誘人。

「那如果你沒有找到第二瓶靈藥呢？」我問。

他臉上慢慢綻放笑容，「那我們就一起慢慢變老，兒孫圍繞，好好珍惜一起生活的每分每秒。」

這些話驅散了我內心的不安。他握住我的手，大拇指溫柔地劃過我的掌心。我心底感到一陣暖意，翻過手緊抓住他，將他拉近，他配合地輕輕靠向我，他靠上來的身體重量令人陶醉。他的唇落在我脖子上，慢慢滑向我的下巴，令人渴望地靠近我的嘴唇。我屏住呼吸，所有的擔憂被他急切又溫柔的擁抱給拋諸腦後了。

愛若如此，何需永生？被他這樣抱著，就像我是世界上唯一重要的人，內心感到充實，尤其是躺在床上有他在身邊——這一切比擁有十輩子都值得。

隔日，早晨刺眼的光線喚醒了我們，陽光照在臉上，前晚我忘了關上窗簾。我用手肘撐起身子，肚裡孩子的重量壓著我。我丈夫早已著裝完畢，頭髮梳成個髻。我比較喜歡他頭髮鬆散自然垂落肩上的模樣，或一部分束起來就好。他現在看起來就像是準備好要去打仗，太過慎重又嚴肅。

「來吧，嫦娥。」他伸出手，「醫館快開了。」

「我不想去。」以往他如此強烈要求時，我會退讓——但這是我的身體，我的生命。我們的孩子。

他沒有將手放下，「這次會不一樣，我們不能放棄。」我將拒絕他的話吞下肚，內心閃過一絲怨懟。他都不顧及我的感受。我內心某處破碎，在曾經完整的表面上留下一道細微的裂痕。為何后羿不肯聽？或許這是他的天性，總是只聽見順他的耳，且與他正義感相符的解答及方案。有些人可能會認為這是傲慢，然而就算是這樣，那是因為他是這塊土地上最優秀的將軍，拯救世界最偉大的勇士。他習慣大家對他百依百順，臣服於他。他的堅毅是我愛上他的理由之一，但同時也是令我無可奈何的原因之一。

大夫們會提出跟之前一樣的意見。我很清楚，就像尚未下雨我就能從空中聞到水氣；就像我很快就察覺自己懷有身孕。縱使我沒有受過訓練或沒有經驗指引，但不祥的預感就回答了一切。無助感吞噬了我；一切都太遲了，我已身陷網中，一想到此，一股絕望油然而升。但我還是低下頭表示同意，將手滑入他的手中。如今我的身體情況已無法長途行走，后羿溫柔地協助我踏上等候的轎子，儘管此刻我內心憤怒加劇，他的體貼使我內心隱隱作痛。

★　★　★

夜裡我失眠了，當我好不容易快睡著時，恐懼卻突然猛烈襲來，我的內心緊繃得像快炸開。我睜開眼睛大聲喊叫，黑暗像令人窒息的布幕將我包圍住，我手伸向床的另一邊，伸向我明知不在的慰藉。我孤單一人在家；后羿又離家去效忠君王了。邊疆又有騷動了嗎？還是危險的外敵或恐怖的猛獸？我已忘了他這次被徵召的原因為何，近來太多紛擾了，一個接著一個就像紙上的顏料混成一片。

我沿著脖子上精緻的金項鍊摸索著，輕輕摩挲著那顆雕龍玉珮。這是我丈夫送給我的，他只跟我說這是一枚護身符，不願多說來歷。難道這是他一時興起買的小飾品？被哪個巧舌如簧的攤商給騙了？無論如何，我都會像他給我的所有東西一樣視若珍寶。

突然，我感到一陣劇烈疼痛，一股殘忍的力量爆發開來，我雙手無力垂在床邊，抓緊床單，難以呼吸。腳邊流出一股溫熱液體，滑溜黏稠。我往下一看，一條暗色的血滲入我的白色長袍，浸溼被單。

巨大的恐懼把我嚇到無法動彈，太早了，真的太早了，應該至少還要一個多月……這代表我的孩子有危險了，而我也是。

另一波陣痛席捲而來，我的哭喊變成斷斷續續的呻吟，侍從們夜晚都回去了，我讓隨身婢女回家探望她生病的父親。后羿必定會很憤怒，他叮嚀我絕對不能獨自在家。但我以為產期未至；我會很安全。現在我被困在房內，離家最近的大夫也要好幾公里遠。身處在廣闊花園中的大宅院裡，誰會聽見我的呼喊？

我這輩子都懼怕死亡，任何宣稱不怕死的凡人一定都在撒謊。但是這是我第一次面臨死亡，如果我今晚死了——獨自一人——我甚至沒有機會向我深愛的丈夫告別。我不像后羿那般英勇，我無法將我的感受藏在冷靜的面具後方，我渾身顫抖，臉上滿是汗水淚水直流，從胸腔中擠出支離破碎的喘息。我萬分恐懼，死亡已經夠恐怖了，更別提死神還會帶走我的孩子。我還未抱過或見過我的孩子，但已成我的一部分——我們之間骨肉相連的羈絆是純粹且不可分割的。一股強烈的保護欲望從顫抖的恐懼中湧升，凝聚成如鐵的決心，一個念頭清晰浮現：我不會讓我的孩子死亡的，只要還有其他方式，我一定會為了我們奮戰到底！

劇烈且無情的疼痛撕裂著我，摧毀我的意志。我的腦袋一片空白，劇痛來得越來越快，最後一次的間歇幾乎不夠我喘個息。壓迫感鋪天蓋地，我發出快窒息的聲音。我咬緊牙關，繃緊雙腿，用拳頭敲打床墊，祈求減輕痛苦，祈求有人——任何人——可以來幫幫我。

周圍只剩沉寂，我從床上撐起身子，搖搖晃晃地起身，勉強自己走動。若我能走到庭院，或許就能引起別人注意，絕望會讓人相信有夢最美，這渺茫的一線生機促使我繼續前進。我跌跌撞撞地走過桌子，疼痛再次猛然襲擊，我四肢一軟，跌倒在地。我看向床上，皺巴巴的床單上沾滿了血——我的腦海裡有個聲音低聲說著，我們床底下藏著某個東西……

靈藥。喝下就可以解救我們了……這是世上唯一能救我們的東西。

但我馬上收回這個念頭。靈藥不屬於我，不是我殺了太陽鳥；這獎賞不是我贏得的。靈藥屬於我丈夫的，他為了我放棄成仙，而且我還因他的放棄而鬆一口氣並感到欣慰。我怎能有竊取靈藥的念頭呢？我怎能背叛他呢？我實在太卑劣了，竟然有這種想法……但是死亡如此逼近，我如何不興起這念頭？

后羿總是說人不該輕易放棄，我這麼自我說服。當生命危在旦夕時，應該不計一切地去爭奪，因為一旦沒命就沒有轉圜的餘地了。他應該會同意我這麼做，他不是總是說，對他而言我比世上任何東西都來得珍貴嗎？

這些具說服力的對話及記憶，巧妙地被撩撥與重塑用來平息我良心的掙扎。瀕臨死亡就像一面鏡子，顯現出一個人的真面目。我是個自私的膽小鬼；我不想死。然而，這不僅僅是為了我，是為了我們的孩子。我不會讓我們屈服於這樣的命運。

疼痛稍退，允許我片刻清醒。時間所剩無幾，如無情暴風雨般的劇痛隨時會再來。我強迫自己站起身，動作加快，體內能量再度活絡起來。我莫名地找回力量，用力撕毀沾滿血的被單，被扯破的碎布散落腳邊，接著雙手使勁地將沉重的床墊拖到地板上。靈藥就在那裡頭，藏在雕著蓮花及一對鴛鴦的床架一角。我沿著木架滑動，直到感受到紋理變化，一道小小的裂縫，我拉了一下但沒有動靜，我用指甲撬了撬，使盡全力一拉，裂縫被撐開了，一個小小的木製密匣落入掌心，裡頭藏有一枚小小的瓶子。黑暗中玉瓶微微發光，散發出的蜜香彷彿在訴說自己終於從痛苦的枷鎖中解脫。

疼痛再次襲來，切割著我的五臟六腑。胎兒在動，踢著我的肚子，孩子是否感受到我血液裡劇烈湧動的焦慮，還有自我懷疑及內疚？還是這是孩子感覺到我的遲疑，正在催促著我？我想是如此，於是拉開了瓶塞。空氣中飄著一縷金粉，濃郁芬香撲鼻而來，彷彿置身桃花林之中。香氣滲透我的鼻腔，流進喉嚨，我突然感到飢餓，口水直流。

那后羿怎麼辦？我內心一部分仍堅持著正義及榮譽感，然而這個內心深處的聲音已經在絕望中逐漸消散。妳怎麼可以這麼做？難道妳不愛他？

舉起瓶子的手在空中僵住。「我真的愛他。」我無力地喃喃自語，「比任何人都愛他。」

騙子。我的良心譴責著我。否則妳現在不會這麼做。

我現在應該塞回瓶塞，放回藏匿處，重新整理床鋪並等待我的命運到來，那個被眾神宣判的命運。面對這種結局，會比永永遠遠因背叛行為而感到懊悔來得好，會比背叛我愛的人還來得值得。

但我沒有這麼做。

我要為我自己，還有為我的孩子這麼做。我要抓住生命，跳入未知的水域，祈禱我能到達彼岸。我雙手顫抖地將靈藥倒入嘴裡，溫熱的液體流入我的喉嚨，強烈的苦味震撼我的感官，我抑制想作嘔的衝動。

「我愛他，我永遠不會愛上其他人。」我低聲對自己說道，手掌護著肚皮，「但我選擇了我們。」我閉上雙眼，吞下最後一口靈藥。隨著靈藥入喉，一陣寒意傳遍我全身，就像跌入雪中。疼痛隨之消失，取而代之的是一種些微刺麻且閃閃發光的能量。我看著雙手，從指尖縫間閃爍光芒，接著光芒往下劃過掌紋，在我血管中奔流。眼前一片眩光，而光源源自於我。我的肌膚散發光輝，彷彿一盞點亮蠟燭的燈籠，宛如月光破雲而出。

我瞬間變得全身無力，隨即被一股強大的無形力量拉到空中，我奮力脫身，然而這股力量緊抓著我動彈不得。我再也無法控制自己的手腳，也無法掙脫這個束縛。

不能這樣！我完全心慌意亂。不能這樣完全沒有機會解釋，或留下任何告別信。不能完全沒有留下什麼，讓我丈夫返回這空蕩蕩的家時無止盡地想像最糟的情景。

不過，我今晚做的事，遠比他所能想像的可怕。

我眼前一片模糊，淚水潸然而下。我在空中胡亂揮舞雙手，腳卻不小心踢開了窗扇。我手忙腳亂地尋找可以抓住的東西，最後只能緊緊抓住碎裂的窗框。然而沒多久我便如風吹起的蒲公英種籽，輕易地被帶往天空，沾滿血漬的長袍絲綢在風中旋轉飄舞著。

「嫦娥！」

一聽見他的大聲呼喊，我的心情一下子充滿喜悅又馬上墜落谷底，他的聲音如此熟悉和可愛——然而此刻彷彿在灼燒我的雙耳，羞愧難當。我像個現行犯當場被抓包，我自私本性暴露無遺。他回家了，但已經太遲了。我是否太沒耐心，因恐懼驅使而失去理智？或許，我內心深處一直渴望得到靈藥。

為了抑制住自己逃避對視的衝動，我渾身沁出汗珠。我本該面對他的目光，接受任何應得的指責。而我也渴望，渴望見他最後一面——他站在窗邊，盔甲閃閃發光。他頭上沒有戴任何東西，黑髮盤成個髮髻。他震驚地張大雙眼，黑眼眸反映出悲傷，眼神閃過一絲——失望，甚至……怨恨？當我看見他向我伸出手，我心底多了新的傷痛，留下了隱密也永不癒合的傷口。

他雙眼一瞇，嘴唇緊抿並舉起弓。他是否氣憤到要射殺我？但是他隨即把弓放下。我哭喊著他的名字，懇求他的諒解——然而他無法聽到我說話，而呼嘯的風聲也吞沒了我的哭泣。肚裡的胎兒彷彿感受到我的絕望而踢動著，我徒勞地雙手輕撫肚子。忽然一股奇怪的能量在我的血液中湧動，產生新的力量。我的傷與痛，凡人時的所有缺陷和殘破都消失了，就像雪覆於泥，潮水撫平沙灘。然而，我並不因此感到喜悅或寬慰，只有深深的悔恨。

我遠眺丈夫，直到——最後——他消失在我眼前。我們失去的一切令我悲痛至極，背叛像刀般劃過我的肋骨，我潸然淚下，強迫自己轉過頭背對家園……如今已不再屬於我。

我再也不是凡人。

我的心沒有因此獲得解脫，反而陷入新的負擔，就在我吞下靈藥後形成的負擔。然而我跟孩子都是安全的，至少目前為止。如今我不能後悔了，無論要付出多少代價。我仍擁有我們的孩子，我將同時成為這孩子的雙親。我凝視地平線，星空熠熠，月光輝映，月亮今晚如此圓滿——我發誓無論身處何處，我都會為我們打造新的生活。這不會是我們故事的結局，我們將活下去——並一同面對即將發生的事情。

★　★　★

我依然清晰記得自己奔月時的情景，畢竟我到了仙域，成了神仙，每天都在回憶這件事。人們祭祀並供奉我，雖然我沒做什麼值得他們崇拜的事。農曆八月十五這天，他們會擺上供品，對著裊裊升天的香煙低聲祈禱。他們稱我為月神，但有哪尊神像我如此無能為力呢？

當人們為我歌頌時，我不禁疑惑他們內心的真實想法。許多人認為我背叛了我丈夫。有些人認為我不配作為英雄的妻子，認為后羿應該值得更好的。我好想念他，一個冷酷無情的戰士，同時也是個溫柔慈愛的丈夫。對我們的女兒，一個繼承他勇猛精神的女孩來說，他會是個好父親——可能還會有遺傳到我的孩子。我們這一世失去的其他孩子。我們永遠不會再有的其他孩子。我內心湧起熟悉的痛楚，我欣然接受，這種無止盡的痛楚將永遠提醒我沒有忘記他。

成仙是個空洞的恩惠，對一顆破碎的心來說，悔恨不是什麼良伴。但我不能咒罵救了我性命的靈藥，靈藥也救了我們的女兒——星銀。我以天上的星星，永遠伴隨著月亮來為她命名。

凡人私下懷疑我的名譽，而天皇天后則痛斥我狡猾、自私及不忠——不配成為神仙。他們將我流放到這偏遠之地，他們認為的荒涼之地，對我來說卻是意外的慈悲之舉。我不喜歡被囚困，然而我很感激發現月宮的美妙非常，也很感激身邊有平兒左右相伴——與其說是侍從，平兒更像是個朋友。很少人願意服侍名譽不光彩的夫人，她卻心甘情願地留下並一起生活。無止盡的點燃燈籠職責中，我反而得到了安慰，讓我內心靜了下來，讓我重溫那些永遠不想忘懷的回憶。我不曾抱怨這些懲罰。我欣然接受……有時我甚至覺得自己應該受到更嚴厲的懲處。

每一晚我都勤奮地履行職責，直到手臂及背部痠痛，手指薰黑。滿月是最困難的；上千盞燈籠都必須一一點燃。平兒提議教我她會的法術，但我沒有天賦。嘗試導引出我的能量總是令我疲憊不堪，總是徒勞。哪需要什麼魔法？沒有魔法我也活了那麼久。雖然可能可以加快我的工作進度，但在仙域，時間是沒有限度的。作為一個什麼都不會的女神，我的懲罰格外恰如其分。魔法只會讓我想起我不再是凡人，想起我成仙後失去的一切。就讓這繁重的職責成為我懺悔的一部分吧，我全心全意地接受。

然而生活不全是痛苦和悲傷。我還有我的女兒，她需要我的照顧，辛勞工作後可以回到她身邊。她的微笑中我再次找到了愛，她明亮的眼睛中讓我重新燃起希望。不，我沒有做錯選擇，我們還活著，我們反抗了命運。

只要我們還活著，就會有希望……希望再次見到我的丈夫。

暮光

力偉

雪蔘

《月宮少女星銀》裡關於力偉和星銀尋找雪蔘的故事。

夜色落幕，曙光乍現，天空泛著灰及玫瑰色調。燈籠猶亮，我大步走向星銀的房間並用力敲門。房裡傳來的咒罵聲打破了寧靜，我的罪惡感瞬間消失。腦海中浮現她的怒容，我忍不住嘴角上揚。惹她生氣讓我覺得很有趣。

「什麼事，力偉？外頭還很暗，難道不能等等嗎？」

「不行，反正妳也不能睡到中午。」我毫不留情地回答。

「一次就好。」她充滿渴望地說，聲音透過木門傳來。「我想要睡到中午。」

無論是侍從或皇帝，皇宮生活天天一早就開始。自我幼時凡清醒時刻，無不各種訓練和課程。導師及科目隨時間變換，然而日程表始終如一。母親說，這一切都是為了我登基所安排的訓練。而現在，我有了伴讀——也是一個朋友——星銀，我真的很高興。每日早晨我們一起在崇明堂學習，下午在演武場與士兵們一起練習劍術及射箭，這是星銀第一次學射箭的地方，而她很快就超越我了。看著朋友技巧提升，展現與生俱來的天賦，我內心的喜悅遠勝於自尊的打擊。我們的學習排程十分緊湊，晚飯後即使我已經努力克制，不強求她留下，幸好她都願意繼續陪伴我。那些夜晚每當她發現我有心事，她便會為我演奏曲子，演奏得比宮裡任何訓練有素的樂師都好。但我最珍惜的是她和我坐在一起，與我交談和研讀的時光。這些單純的事情讓我們的關係看起來就像一般人，我希望這種關係永遠不會變。

在她進入我的生活前，我的日子是多麼單調乏味，這也是為何我開始作畫來填補空虛。我無意中在星銀身上找到自己喜愛的題材——然而我很少放縱自己盡情地畫她，因為她在我腦海裡徘徊太久了。

是何時開始的？這種停不下來想要親近她的欲望？自我們初次相遇，我就一直都很喜歡她的陪伴。她的坦率及機智讓我覺得很有趣，還有她的慷慨但頑固的心。她擁有戰士該有的技巧，具備好學的心態，而她的魔法如她的野心般猛烈——雖然我不確定是什麼原因驅使著她，顯然她不在乎職位及頭銜。

最近，我發現自己總是找藉口讓她在晚上陪我久一點，這是難得只屬於我倆的獨處時光。然而原先她的陪伴帶給我的喜悅漸漸變成一種令人不安的情感——我渴望更多。我對她的感覺要是被別人發現了，將會非常危險，如果其他人知道我們的關係，就會試圖利用並控制她。在確保她的安全之前，我不能把她推入天庭政治的蛇穴裡。

雖然我的地位賦予我極大的特權，但這些特權也帶來許多限制。我的生活和多數人不同，並非一片全新未知的海域，我深知我在仙域的位置，以及將來必經之路。從小我每一天都是在為了履行那個角色而受訓——登上皇位，治理國家，然後迎娶一位為皇室增光的女子。朝中早就為了尋覓合適人選進行許多討論。這真是令人不快！我父母就是這樣成婚的，而他們的聯姻沒有為了他們帶來什麼快樂。但我不會逃避我的職責，當涉及國度命運，愛情便無容身之處……除非願意放棄一切。我的心不屬於自己，無法隨心交付；我必須好好約束自己，與星銀保持距離，儘管這變得越來越困難。我不能再讓自己像那天在天庭市集那樣，幻想不切實際的無憂無慮生活。當我拇指輕撫腰間的天空之雫流蘇時，一股沉重感湧上心頭。我提醒自己，這只是友誼的禮物，這就是我們能夠擁有的關係。

還有，星銀也不會甘願留在這裡，我也不應該試圖將她困在這金籠裡。她應該走出自己的路，不應該配合我而改變自己，被束縛著我的繩子給纏繞住。現在我們在恆寧苑不用受天庭朝廷官員們的監視與各種政治紛擾，但不會一直這樣下去的。一旦我繼位，日子將不再安寧；我們會陷入惡意及不友善的審查與檢視。朝臣們不會喜歡她——他們無法理解也無法利用她，不會接受不屈服於他們要求的她。要是他們無法改變她……他們就會毀了她。隨著不安的情緒湧上心頭，我將對未來不確定的恐懼拋諸腦後。眼下才是最重要的。

心中湧起隨之而來的緊迫感，我再次敲了門。「我們必須在太陽升起前出發。」我貼著門對她大喊，等著她上前爭論。

房門猛然打開，我一時失去重心，踉蹌跌入房內，我趕緊抓著門框。儘管我受過多年訓練，她仍然可以輕輕鬆鬆地殺個我措手不及——這並沒有惹怒我，我反而很開心。當我站直身子，努力挽回我的尊嚴，她走到我身邊。

「力偉，什麼事如此重要到我必須在日出之前親眼見到？」她的笑容看似有點得意，彷彿看見我差點跌倒讓她樂在其中。「難道妳不想溜出皇宮？」我故意這樣說，我很清楚她的喜好。

她的兩眼一亮，比外頭的燈籠還亮。「下次，太子殿下。」她戲謔地說，「你應該先說你的邀約是什麼，才有機會獲得熱情的回應。」

「多熱情？」我情不自禁地問。

她臉頰漲得通紅，雙臂抱胸，「也許你就不會在門邊跌倒。」

我讓這一刻溜走，明智地不再追問。「剛剛妳是故意的嗎？」我反而這樣問。

「當然。」她仰起頭，笑開懷。「我故意等到門板被你壓得嘎吱響。」

我們離開庭院，瀑布規律的轟隆聲掩飾我們的腳步聲。侍從們即將甦醒，我們必須在他們發現我們失蹤前回來，趕上今天第一堂課。

「我們要去哪兒？」我們穿越內院花園時，星銀問我。

「妳去過冰晶雪山嗎？」

「我只去過你帶我去的地方。」說完她咬住下唇，彷彿想把這些話嚥回去。

「妳之前都在哪裡生活啊？」明知她不願談論過去，我仍開口問。無論過去發生什麼事，都已深深對她造成傷害，傷口尚未癒合。

「離這裡很遠，很偏僻的地方。彈丸之地。你不會去過的。」

她的欲言又止觸動了我的內心。我想要讓她卸下心防，請她相信我，並和她一起承擔。但我沒有這麼做，因為擔心萬一她說出來的話，可能會改變我們目前的關係。如果這麼一來我們之間產生隔閡怎麼辦？如果我被迫得遣走她怎麼辦？我寧願等到她準備好了，願意與我分享她的祕密，或者等我能更好地保護她免受任何威脅。

「那座山在哪兒？」她如此問。

「靠近北海岸邊，不會太遠。」

「北海？」她眉頭一皺。「他們不是在戰爭中援助魔界嗎？」

「我們現在關係比較緩和，而且，我們沒有侵犯到他們的領地；那座山座落在天庭的領域裡。」我向她保證。

我們走進皇宮外牆旁的一處廢棄庭院，是我們上回偷溜出去同一隱密處。這裡叢生的雜草掠過我們的膝蓋，涼亭的屋頂飽經風霜，木柱坑坑洞洞嚴重磨損——相對於皇宮裡所有一切都維護得如此完美，這裡破舊的景象很不尋常。然而，對我們來說，沒人記得這裡反而很好。星銀站得筆直，我施法遮掩我們的氣息並召喚一陣風帶著我們越過城牆，踏上等候中的雲朵。當我們飛向天空，清晨的第一道陽光灑落在我們身上，柔和且溫暖。我內心非常平靜，同時感到前所未有的活力。

「你今天為什麼想要去這座山上？」她問。

「今日凡間夏至，雪蔘熟成。雖然雪蔘是神聖植物，不能隨意採摘，但它的果實和種子可以自由摘取與種植。」我看向她。「如果妳在課堂上多專心點，妳就會知道這個。」

她皺了皺鼻頭，因為她不喜歡我們藥草學的老師，覺得他嚴厲又傲慢，加上他從來沒有原諒星銀曾經在第一堂課打瞌睡。

「每堂課都很重要，儘管沒有建允將軍的課堂內容那樣有趣或刺激。」我提醒她。「自然無所不在。向它學習，我們就不會陷入完全無助的困境。妳可能在戰鬥中失去了武器，像是被敵人從妳手上搶走，但是如果妳好好尋找，總是可以找到有用的植物。」

她咧嘴一笑，「要是你摘錯藥草呢？摘到沒有讓你敵人變弱，反而更強的那種？」

「這就是為何我們要好好學習。」我直言。

「雪蔘有什麼特別之處？吃了能獲得強大力量？增強生命力？」

「它對舒緩情緒及精神有強大的效果，尤其是在冥想的時候。」

她看著我說：「你為何想要這個？」

我不需要雪蔘，這趟旅程不是為了找尋雪蔘，而是想要跟她一起多看看這個仙域，找個藉口離開皇宮。「我父母喜歡蒐集奇珍異寶，某天可能會派上用場。」我故意這樣回答。

她認真地點點頭，「你母親可能會覺得這種東西特別有用。」我清了清喉嚨，忍住笑聲。我母親的脾氣是出了名的，而不幸的是，星銀不只一次首當其衝。「雪蔘成熟時，我一定奉上。」

她仰臉沐浴在溫暖的陽光下，「我很開心能外出透透氣，我們聽說了這麼多奇妙的地方，我想要盡可能地多看看。」

「生活的意義不就是活在當下嗎？」我認同道，「而且現在正是最佳時機，當我還能掌握自己的生活。」

她轉向我，神情吃驚，「這是什麼意思？」

「有朝一日我將正式登基並承擔責任，我將不得不天天上朝。」我不情願地說著，不願去想我們在一起的時光即將結束的事。當我不再上課，也就不再需要伴讀。雖然我可以找個職位給她，就算需要無中生有出一個位置——這些無憂無慮的日子也將成為過去式。

「至少，我可以隨意離開皇宮，不需要任何花招。」我補充說道。

「只要侍衛不會將你的行蹤稟告給你父母就可以了。」她笑著說。

我露齒而笑，「我們必須要好好賄賂他們。」

海平面上，北海的海水泛著寶藍色的漣漪，我們騎乘的雲朵拉高，往高處飛去——空氣變得寒冷，一座白雪覆蓋的山隱隱約約地出現在眼前。我們飛向山，降落山頂。一片白銀色，草地也似乎結了霜。一條小溪橫越平原，河水呈現虹彩光澤。不遠處有座水晶高臺，上面長著一株植物，葉子像扇子般展開，一串串的漿果從中心迸出，像紅寶石一樣閃閃發光。

「星銀，小心點。我們只能摘它的果實，別碰到其他地方，甚至葉子都不能碰，否則這植物會認為它被威脅。」我警告她。

「認為？」她重複我的話，聲音裡充滿疑惑。

「這株植物非常古老，比整個國度都還要古老。它的思考方式可能與我們不同，但它的本能非常敏銳。只要一感覺不對勁，它就會輕而易舉殺死我們。」我瞇起雙眼。「藥草課上妳有聽進去任何東西嗎？」

「完全沒有聽進去。」她舉起雙手承認，「但我保證我會開始認真聽。」

風呼嘯而過，將她的髮絲吹在她的臉頰上，我伸出手，想要幫她撥開，然而還是忍住。我將手收回，並快步踏出雲朵。

我們走向高臺，她邁開大步跟在我身邊。她彎下腰檢查雪蔘，示意我靠近一些。我走向她，小心翼翼地保持距離，心裡情不自禁渴望觸摸她的手，渴望感覺她的溫暖。但我馬上有所警覺，趕緊把注意力轉向植物。這是我們此趟外出的藉口。這裡的土壤由閃亮的顆粒組成，幾近透明。雪蔘豐滿的根莖上長出了絲絲藤蔓，閃閃發光，就像是銀絲紡織般。

「只有果實成熟時，根才會像這樣發光。」我告訴她。

「好美，也許我們可以種出一株像這樣的。」

「不太可能。這是僅存的一株，後代雖然也擁有強大的魔法能量，但核心仍在母株。」

「它會造成危險嗎？」她問道，「要是落入不肖之徒手裡？」

「它會自我保護，此外，它的力量不屬於興邦滅國那種；除了美麗還有療效外，沒有其他理由會讓人對它垂涎欲滴。傷害那些只帶給大家歡樂及和平的東西，是很惡毒的。」

「惡意往往是沒有理由的。」她喃喃自語。我還來不及問她這話的意思，她望向天空，此刻蔚藍一片。「我們必須趕快回去了。第一堂是建允將軍的課，他絕不容忍遲到。」

我點點頭，伸手去碰一串果實——她也一樣，於是我們的手撞在一塊，我全身一熱。我們的手一分開，我看見她滿臉通紅。我暗自責備自己如此笨拙。為何現在她的觸碰會引起我如此大的反應？之前從未如此。我稍作平靜後，再度伸手摘取果實。果實落到我手裡，一陣冰涼刺麻，我的手指忍不住因此顫抖，拂過一片葉子——

像銀針般的荊棘忽然從植物的莖上迸發開來。高臺上放出光芒，我們腳下地面開始震動——就在這麼一瞬間雪蔘的根膨脹起來，藤蔓衝破地面並變得越來越粗壯，就像某種巨大海洋生物的觸手般怪異。周圍的草像一支支匕首般拔地而起，根本無從跨越。

「我們必須趕快逃，召喚一朵雲！」星銀的語氣堅定但急迫，她的目光掃視周圍的威脅。

因為本能上的恐懼，召喚雲朵是她目前學習中進展最慢的技能之一。我放出能量，抓住天空中一朵雲，注入法力。我們跌跌撞撞地爬上雲朵，雪蓼的一根藤蔓朝我們甩過來，荊棘刮破了我的袖子，扎進我身體。另一條掃過星銀的臉，劃出一條細細的血痕。我咒罵一聲，而她完全沒有退縮，她舉起手放出能量，光點如雨般散開，形成一道防護，一陣強風隨之出現，比我召喚的還要猛烈。就在強風準備把我們帶往高處，雪蓼的另一根粗藤蔓突然迸出，纏繞住我的腳踝，荊棘刺穿了我的皮膚，劃傷了我的腿。我強忍疼痛，施法放出火焰嘗試燒斷荊棘——星銀動作非常迅速，手中揮舞著一把匕首，俐落地劃開蓼根。她眼中的光芒就像她射出箭矢時那樣堅定而銳利。

「你受傷了嗎，力偉？」她彎下身檢視我的手臂，用她的袖子擦拭我的傷口，即使她臉上的傷仍滲著血。

我沒有回答，抬起手指輕觸她的臉頰，我施放魔法，撕裂的傷口完美癒合起來。我們很幸運只是遭受一點皮肉傷，但這意外仍令我心有餘悸。

「是我太不小心，我不是故意讓這種事發生的。」真是笨拙的道歉，如果這算是道歉的話，我不習慣低頭認錯。

她對著我笑，我心跳加快，「我以為你是故意要當作我們的晨操。」

「或許下次吧。」

「那下次我就不起床了。」她警告道，轉身察看我們在山上造成的破壞。

「我們破壞雪蔘了嗎？我不得不切斷藤蔓才能逃脫。」

「它差點扒了我們的皮，妳還有餘力擔心這個？」我有點難以置信。

「它可沒要求我們來，也沒有要求我們製造這場混亂。」她嚴肅地回答。

「雪蔘的核心不會受到傷害；如果真的受損了，它會自我療癒。」我向她保證。

她神情放鬆許多，「我們明天來播種？」

「這個榮幸就交給妳了。」我提議。

「我唯一想要的榮幸是睡個好覺。」

儘管我們才剛經歷了如此驚險的事，她掩住嘴巴打起哈欠。看見她兩眼微垂，流露出一副慵懶的模樣，在我心裡激起一股陌生的激情。我情不自禁開始想像她早上醒來時是不是就是這個模樣。這是個危險的念頭——應該被禁止的——也許某一天我可以見到她在我身邊醒來，頭髮凌亂，臉上就是帶著這種表情。我胸口感到一陣悸動，趕緊轉過身去。

「今天我做得夠多了，明天換你弄髒手。」星銀笑著說。「希望我們種的這株性格會比母株溫馴一些。」

我跟著笑了起來，心裡奇怪的緊張感隨之消散。她在我心裡激起如此矛盾的情緒；我想要保護她，而同時她在我身邊時我才感到安心。我凝視著她仰望的臉龐，心中那道防線消失了，我再也無法壓抑了。

我不會忘記我的職責，但為何我必須忽略我的心意呢？一直否認這些感覺一點用都沒有；那也是我的一部分。忽視它們的存在、掩蓋它們、壓制它們，可能帶來更大的遺憾。未來充滿無限可能：或許星銀會習慣宮裡的生活，或許我可以選擇自己的未來？也許這些情感會有天自然而然地消退？

現在開始，我會順其自然，順應這些覺醒，引領我走上一條新的道路。我要擁抱眼前的快樂，把它緊緊抓住——因為每一刻都彌足珍貴，每一瞬間都蘊含著無比的力量，宛如魔法般強大。

文智

骷髏頭惡靈之役

《月宮少女星銀》中有關天庭軍隊對抗兇猛邪惡怪物的故事。

湖畔環繞著古老的松樹，讓我想起了在雲城的家——尤其是我的庭院，總是瀰漫著松樹的木質香氣。然而這裡的松樹長得不太一樣，鐵鏽色的樹皮上布滿了灰色紋理，如一張網的陰影投射上頭。松樹的羽狀針葉閃閃發光，就像尖端布滿鐵針般，風吹過時發出毛骨悚然的叮噹聲。

一絲不安掠過我後頸，但旋即消失。恐懼的無用之處在於當人們最需要手腳腦袋靈活時，恐懼卻讓人速度變慢，頭腦混沌。我早已習慣讓自己對恐懼麻木，不給它任何發展空間——因為自從我開始拿起劍，危險便隨之而來。無論是哪種敵人，他們想要的全都一樣：用他們的勝利換取我的失敗。而我都會一一斷了他們的念頭。對某些人來說，這是場遊戲，就像拋硬幣——但在我的童年，一次失誤可能就意味著死亡，幾乎沒有犯錯的餘地，也不能誤信他人和誤判情勢，然而這從未阻止我繼續戰鬥。

沒有參戰，哪來的獲勝。

儘管我如今我有所成就，我卻不快樂，當一個人常面臨生死攸關時，很容易忘記仙界之美和美妙之處。然而目標就近在眼前，我絕不會退縮——這都是我這些年來所計劃及奮鬥的一切。一旦我地位鞏固，讓那些依賴我的人都安全時，我就會有足夠的時間享受世上的樂趣。

「這裡就是骷髏頭惡靈的藏身之處嗎？」

星銀的聲音打斷了我的思緒，她站在我身邊，黑色的眼眸左右掃視，評估地勢。看不出她有半點焦慮，她的情緒如她的射擊準確度一樣穩定。我們在這點很相像，堅定自己的立場，走自己的路，不依賴任何人——這就是我很信任她的原因之一。雖然她也懷著自己的祕密，但我不介意，她的高尚品德顯而易見。

和你不同。我的良心竊竊私語，我趕緊壓抑下來。

「屍體是在離這裡不遠處發現的，他們的生命力和血都被吸乾了。我們的偵查兵發現尚有一名生還者。」我繼續說，「這個怪物被囚禁這麼久，大概飢餓難耐了。」

她皺起眉頭，「這怪物怎麼逃脫的？我以為天庭監獄牢不可破，牠絕不可能逃得走。」

「的確是牢不可破，最慘的天庭牢房是不見天日的地獄深淵，大多數的囚犯沒幾十年就瘋了。每個都以不同的方式囚禁，量身訂做最折磨的刑求。」我緩慢地說，希望她能領會出我想說的話。

她的嘴角因厭惡而撇起。「即使是怪物也應該得到憐憫。」

即使是邪魔。我想要說的是這個。我特意這樣告訴她，是為了讓她知道，天神們的雙手並不像他們宣稱的那樣純潔。他們也可能很殘忍，只不過他們隱藏得更好，塑造只對他們有利的真相。

「骷髏頭惡靈為了變強，已經修煉了好幾世紀，我們太晚發現牠的祕密——就是一旦牠的法力進到下一階段，牠可以自由變化形態，現有的束縛便毫無用武之地。」

她眉頭緊鎖，「這個怪物比牠一開始被抓到時，還要更強大了？」

「很不幸的，沒錯。」我提高音量，讓周圍的人都能聽到。「不能再讓骷髏頭惡靈逃脫了。牠是來尋仇的，牠會殘忍地殺害所有擋路的人。牠的法力很強，身體也很強壯，還可以行動如風。只要被牠的獠牙或爪子輕輕劃傷，就會造成嚴重傷害。」

「這次有多少人受害？」星銀聽起來很緊張，做好最壞的打算。

「五名，其中兩名孩童。」一想到這怪物的邪惡，我怒火中燒。死亡對一名士兵而言是如影隨形，但濫殺無辜令我厭惡。

她嘴巴緊抿說：「牠會付出代價的。」

「我們一定會讓牠付出代價。」我向六名士兵中最高的那位點點頭，他站得離我最近。「楊士兵，跟其他士兵在此留守，你帶頭指揮，繞著湖編織一圈結界。骷髏頭惡靈不喜歡水，因為水會遮蔽牠的感官，當我們將牠引誘到這裡時，這樣有助於隱藏我們的法術。除非另有命令，繼續保持隱蔽，並穩住你的結界，這樣怪物就無法逃脫了。」

那士兵鞠了躬，然而他表面看似聽令，臉上卻露出一絲猶豫。

「有話直說，楊士兵。」我對他說。

「我們為何要繼續保持隱蔽？」他急切地問。

「如果骷髏頭惡靈看不見你，就無法攻擊你，結界也能保持安全。」

其他厭倦戰鬥的士兵聽了可能會感到高興，然而楊士兵眉頭皺得更深了，「但是如果我們繼續躲著，我們要如何殺死牠？」

「這就交給首席弓箭手跟我。」我頭轉向星銀。

士兵瞥了她一眼，眼神輕蔑，嘴巴微微抿了起來。我下巴繃緊，努力壓抑心中那股自從星銀上次差點死在仁于總督手中之後升起的保護欲。不好的回憶湧現，那是一直揮之不去的陰霾——我多麼希望那天我能殺了他，當時我極盡克制才沒有給出致命的一擊。當我返回營帳時，發現她已瀕臨死亡——但她不是受害者，她從來不是——我理智線頓時斷裂，一股衝動油然而生，想要毀掉傷害她的人。我內心激起的情緒如此強烈，令我感到不安。儘管我對她越來越好奇，我一向看重的是她的技巧及天賦。然而與她相處的時間越長，感覺就越強烈，這感覺有時甚至陌生且令人困擾：越來越不想欺騙她，當她的臉籠罩著悲傷時，我會感到怨恨，因為我知道她在想著那個令她傷心的天神。而當她展露出少見的笑容時，我胸口又一陣隱隱作痛。

我不喜歡這樣。依我現在的處境，無法控制情緒是很危險的。如果星銀知道我的真實身分，她可能會鄙視我。雖然她看起來並不盲目效忠天庭，但她不會輕輕放過我的欺騙，以及我在這裡偽裝的角色。直覺告訴我要等待，先了解她隱瞞了什麼——我清楚了解這種隱瞞某事的跡象。雖然我很好奇，但這不會改變我對她的尊重，我一定會支持她。

在那之前，我會保持沉默。無論眼前任何誘惑，我都不會危及之前我所努力的一切。我要等待時機，贏得她的信任。得知真相後的她可能會因此憤怒——但隨著時間過去，她會理解的。我們的關係比這些事情更深遠，我沒有對她說謊；我只是省略了某些事實。和她在一起時，我一直都是最真實的自己。我並不願意在這種重要的事情上面欺騙她。因為我們有著同樣的性格，有著同樣頑固和堅定的本性——我們要麼一起翱翔，要麼彼此毀滅。

我發誓，絕對不會是後者，因為我將會贏得她的心，把她留在我身邊。

不僅僅是因為她是一枚有用的棋子，或者是強大的盟友，雖然事實上兩者皆是。一開始，我的確是因為這些原因接近她，尤其親眼見識到她與玉龍弓之間出乎意外的連結力量後。如果我能將這麼強大的武器以及擁有者一起帶到我父王面前，必定能得到他的恩寵，並確保我的繼承地位。只有這樣，我的母親及在我庇護之下的人才能確保安全，而我該死的兄長就再也不能威脅他們了。

這就是我一直努力的目標，在沒有達成之前我不能停歇。然而，我的野心依舊，但前進之路轉變了。一想到我父王會利用星銀來達到他的目的，我就感到噁心。即使她有強大天賦，但她的抗拒是沒有用的，因為他能改變她的心智，操控她來服從命令，極少人在這種法術上能與他匹敵。我的胃不停翻騰，不只是因為我對於我們的法術反感，而是在內心深處，我不希望她因此改變……即使這意味著她將會成為我的。

我想要她保持原本的樣子，心甘情願留在我身邊，否則就毫無意義了。我決定永不告訴父王她的天賦，守護她以及她的祕密。如果不幸事情真的發生了，我會極力保護她。

楊士兵清清喉嚨，彷彿因我的沉默而壯膽地說：「骷髏頭惡靈很危險，也許該讓其他士兵與您同行？」

我壓住不耐。楊士兵是新兵；我不該嚇到他。他只是渴望榮耀，迫不及待追求名譽。他可能認為我偏袒，將首席弓箭手分派到任務中最佳位置——儘管不久之後一切風雲變色，他會鬆一口氣，不再羨慕那些被派上前線的人。星銀或許外表看起來不具威脅，但只有傻瓜或生手才會如此相信。任何厲害的戰士都能看出她銳利無比的目光，她行雲流水的動作，以及操控武器時展現的力量。看她戰鬥的模樣，激起我內心一些感覺。就像第一次看到她如此精準擊落建允將軍擲出的靶心，當時我感到敬佩，還有一種無法解釋且令人惱火的驚奇感。

從沒有人像她如此吸引我的注意。我曾希望這只是一時迷戀，就像孩子著迷新玩具，但隨著我們越來越熟悉，這種著迷更深，她一次又一次地證明我錯了，而我變得開始享受這個挑戰。

我看了她一眼，試圖解讀她的表情。楊士兵的想法對錯參半；比起其他士兵，我的確更偏愛星銀跟隨，然而她是憑實力贏得這樣的地位。不過，一個好將領不應要求下屬盲目服從，最好是贏得他們的信任，並鼓勵提問，教導士兵獨立思考並防範各種可能。

「你們全都必須留在這裡，因為我們已布下陷阱，要將骷髏頭惡靈引到湖邊，這樣我們就可以一起對抗牠。」我對士兵們說。「只有首席弓箭手會陪我去尋找怪物，速度比數量更重要。如果我們隊伍人數太多，怪物就不會靠近，牠本性懦弱，只在確保獲勝時才會出擊——牠專攻弱者，不會光明磊落地對決的。」

「是，將領。」他們鞠躬後，紛紛就定位，我和星銀離開湖邊，走向森林深處。走了一小段路後，她轉向我。「文智，我們要不要偽裝一下盔甲？這說不定會引起骷髏頭惡靈的懷疑。」

她親切地叫出我的名字，讓我心中一暖。我們兩人獨處時拋開了他人面前小心翼翼地維持的禮節，我很慶幸沒有用假名，不然我就會無法享受這個片刻的快樂。

我在一片竹林前停了下來，泛黃的竹竿密密麻麻地遍地叢生。「妳說的對，我們現在就換裝。」我突然想開她一個平常自己不會講的輕佻玩笑。「妳會幫我嗎？」

看見她臉色一暗，我咒罵自己不經思考說出口的話，勾起她侍奉天庭太子的回憶。她曾是他的伴讀，但所有人都知道他們的關係不只是伴讀。不過，那都是過去的事了——他傷害了她，而現在在她身邊的人是我。

「我的要求讓妳緊張了嗎？」挑釁是喚醒她，讓她走出悲傷或後悔最好的方式。

她愣了一下，但她毫不退縮，上前貼近我胸膛，指甲輕敲我的盔甲。我頓時感到熱血沸騰，口乾舌燥。

「我為何要緊張？」她眼神閃過一絲戲謔。「你像小孩子一樣需要幫忙更衣，我樂意效勞。」

她的羞辱讓我皺起眉頭，但也佩服她如此巧妙地反將我一軍。

「怎麼樣，將領？」她咧嘴大笑；現在反而換她嘲笑我了，「改變心意了嗎？」

我真想放下顧慮並接受她的提議，儘管明知那是玩笑話。我們的關係有點曖昧，東海之役後我們就偶爾這樣若即若離，但從未越線。她難得露出這挑逗的一面，我內心好想繼續試探，看看這遊戲能玩到什麼程度。然而此行有任務在身，為了壓抑內心渴望使我胸口有些緊繃，變得難以呼吸；如果我們不盡快找到骷髏頭惡靈，牠將會再次發動攻擊。

「用幻術就好了。」我說，並施展我的魔法，我們身上隨即一陣閃閃發光。我們的盔甲閃爍著微光，變換成長袍，她變成了盤髮造型，黑髮上別著花朵形狀的髮簪。她的弓箭變成了扇子，而我的劍變成了玉杖。

「這樣就夠了嗎？」她一邊問，一邊輕撫著裙袍上精細的刺繡。我何時開始在乎起這種細節的？

「這就夠了，我們的變裝只是為了騙過骷髏頭惡靈，讓我們看起來像容易捕捉的獵物。當牠攻擊時，我們仍需要手頭上的盔甲和武器。」我口氣嚴肅，但忍不住暗自欣賞起穿上精緻衣裳的她。綠色很適合她，襯托出她的膚色、黑髮及迷人的眼眸。上次我們如此盛裝打扮是在東海的宴會上，那是個開啟眾多新篇章的一晚。

她抬起頭，「不能讓那個怪物靠得太近，否則牠可能察覺到我們的幻術。一旦被發現，我們必須迅速將牠引到湖邊。」

我點點頭，她看向我，兩人四目相接，我深深凝視著她。彷彿聽見兩人之間的心跳，她胸口大力起伏。一瞬間，我們似乎迷失在這個幻覺中，幻想中我們不是原本的我們——不是來這裡殺死怪物，而是來享受彼此的陪伴。一陣心痛襲來，提醒我這並非現實，儘管我開始企盼這一切可以成真——有這麼一天，當我們遠離這裡。當我們不再是天庭軍隊的一員時，我會與她分享有關我的一切。此刻，我必須耐心等待。一場戰鬥的時機往往決定了勝敗之結果。她的心還有一部分是屬於天庭太子的，我要把這部分也搶過來，我想要得到她全部的心。

你配得上擁有她嗎？我的良心質問我。

也許不，我暗自承認，但我會努力讓自己配得上的。

「走吧，文智。」她已經走到我前頭，「我們不能再拖，天黑之後就更難與那怪物作戰了。」

森林深處群樹越來越高聳，枝枝葉葉蜿蜒層疊，只剩一線天際。細細的陽光穿過樹枝灑落下來，顯得更加稀薄微弱。土地一片荒蕪，氣氛沉重，甚至沒有鳥兒輕快的叫聲提振這樣陰鬱的氛圍，難道牠們都被嚇跑了？還是被吃掉了？我們的對策是故意粗心地踩在劈啪作響的樹枝上，手肘撥動樹葉。星銀被一顆鬆動的岩石絆倒，發出小聲尖叫，我及時抓住她手臂。她這到底是有意欺敵，還是真的笨手笨腳？我還真看不出來。也許有了感情牽扯其中，在她面前我的感官就遲鈍了。

星銀變得全身緊繃，於是我放開她。她還不習慣我的觸碰，我也很少碰觸任何人。我們再次變得小心翼翼，我很想知道她在提防什麼。

「表現得很好。」我咧嘴一笑，「妳已經製造夠多聲響足以讓這叢林裡所有怪物都聽到我們了。」

她大笑，「我沒有那麼狡猾，我是真的滑倒了，但下一次可能是假的。」

我低下頭看著她，「我們是否現在該談談什麼？」

「我們真的必須談談嗎？」她很擅長迴避這樣的問題。

「是啊，如果我們必須表現得很親密的樣子。」

她深深吸一口氣，「為何必須如此？難道我們不能單純只是朋友外出散步？」

「只是朋友的話，為什麼要無視警告到這種僻靜的的樹林裡？除非他們想要獨處？」我平靜地回答。她兩眼一瞇：「也許你應該跟楊士兵一起來的，他可能更有意願和你一起扮演這種角色。」

「他可能合適，但他射箭命中率差強人意。」

「我可能會射歪，反而射中你。」她挖苦地說。

「是意外，還是蓄意？」

「這取決於你繼續捉弄我的程度。」

「妳知道在天庭軍隊裡故意傷害將領，會受到什麼樣的懲罰嗎？」我刻意用嚴肅的表情對她說，而她毫不畏懼地瞪著我。

「這樣說的話，幸好我沒有正式加入軍隊。」她搖搖頭。「請放心，我永遠不會射殺朋友，無論是意外還是蓄意的。」

「朋友？」我壓抑著皺眉的衝動，「我就只是個朋友？」

「當然。」她毫不猶豫地回答。「如果不是朋友，你是什麼？將領？」

她用頭銜稱呼讓我閉嘴了。我想要多說什麼，捧起她的臉讓她好好看著我——我想要得到她的心，因為我正處於失去自己的心的危險之中。然而現在不是輕率表白的時候，我不會讓我辛苦布局的一切化為烏有，這麼多年來偽裝自己支持一個我鄙視的職位。我也不會用那些偏袒的八卦惡言來玷污她靠自己贏來的聲譽，因為成功無疑會招來嫉妒。我們周圍流言蜚語夠多了，我不該再給八卦任何談資了。我會等到擺脫天庭，還有擺脫了這些我們都不太在意的身分的時候。

我突然停下來，她也靜止不動。冰冽的空氣中瀰漫著一股氣味，是薄荷和丁香，氣味如此濃烈，從鼻腔一路衝擊到我的咽喉，使我感官受到強烈刺激，渾身戰慄不已。

她清楚地輕聲說道：「來了。」

那怪物的氣息越來越靠近，風更加肆虐，松葉的沙沙聲變成了金屬的叮噹聲。樹木彎曲，似乎糾纏在一起，以一種不自然的方式擁抱彼此。我立刻加強幻術，穩固我們的偽裝。

一道銀色的光影穿梭樹林。我點頭示意，星銀與我飛奔而去，衝進林間——閃躲那些低矮的樹枝，跳過起伏的樹根，我們每躍過一步，那些樹根彷彿都隨之升高。陰影像墨跡般渲染開來，僅剩的一絲天空也從上方被擋住了。一股寒意從背後襲來，令我背脊發涼。水是我的天賦技能之一，但這怪物散發出的寒意深入骨髓。星銀毫不費力地跟上我，呼吸困難是她顯露疲憊的唯一跡象。

一隻白色手臂往我的臉旁猛然一擊，爪子發著光，我本能地躲開，揮舞著偽裝成玉杖的劍，將牠打到一旁。看見一隻肥厚的手纏住星銀的手腕，我立刻暴怒。看見她步伐踉蹌，我抓住她的手扶穩她，但她卻甩開了我的手，不想連累我。眼看她掙扎著逃脫怪物掌控，我伸手準備施放魔法，這時她的掌心已迸發火焰，攻向骷髏頭惡靈。都到這個時候了，她還控制著力量，沒有完全現形，僅僅讓自己反擊的力道足夠掙脫束縛而已，不想嚇跑怪物。怪物往後一退，我們趁機作勢逃跑，一路跑到看見波光粼粼的湖水。我們的士兵不見蹤影，他們聽從我的命令在湖邊守衛，像一堵看不見的牆那般包圍著湖水。我們衝過結界時，我測試了結界的強度。楊士兵他們做得很好，這些防護結界堅固又巧妙，設計巧妙，只許進不許出——然而是否真能守得住，尚待觀察。

我和星銀在湖邊止步，然後快速轉身。骷髏頭惡靈高聳在我們上方，牠的軀幹伸出長長的手臂，頭上拱起銀角，濃密的頭髮像蛇一般地捲曲。完美無瑕的皮膚就像拉緊的絲綢，兩眼閃閃發亮。尖爪上布滿了黑色污漬，那是之前那些受害者的遺骸？牠的獵殺到此為止！

「到我這裡來。」怪物溫柔卻又陰險的低語著。

我四肢不由自主地抽動，牠的聲音有種不尋常的力量，吸引著我。從星銀一臉困惑的表情看來，她也在掙扎。那聲音完全不強硬逼人，更像是在誘惑，牽引著我們的身體，而不是我們的心靈。

「保護好妳自己！」我咬緊牙關嘶嘶地說。剎那時，她能量湧動，在四周形成了一道屏障。

「你是誰？你想要我們做什麼？」星銀聲音顫抖地大喊，帶著些微恐懼。

骷髏頭惡靈張嘴露出兩排如針的尖牙，伸出紫色的舌頭，舔了舔豐厚的嘴唇。

「我餓了，孩子。」牠用魅惑人心的聲音說著，「殘酷的天神們把我牢困太久了，我必須填飽我的肚子，妳逃不掉的。但是如果妳來這裡讓我吃幾口，我就會放走妳跟妳的同伴。一點都不會痛的。」

滿口謊言，我暗自想起那些牠殺戮後的屍體。他們的生命力和血液都被抽乾了，他們的神情宛如經歷了永無止盡的恐懼及痛苦。我絕不會犧牲任何一名士兵去滿足這怪物的嗜血欲望！

「你答應放我們走嗎？」我順著牠的話說。

「以我的名譽擔保。」牠步步逼近，用甜蜜的語氣發誓，視線游移，彷彿在探測什麼。牠感應到結界了嗎？

「我們要如何信任你呢？」星銀問，這是個合情合理的提問，因為無論保證多美好，沒人如此輕易就投降。

骷髏頭惡靈又靠近了一步，嘴角勾起一抹邪惡的笑容，眼中閃爍著期待的光芒。牠以為我們已經上鉤，幾乎就在牠觸手可及的範圍之內——即使牠其實已經靠近我們的結界邊緣了。星銀在原地搖晃，彷彿對抗著誘惑，朝怪物邁出了一步——牠向我們猛然撲來，穿越結界，同時睜大了雙眼，感覺到我們的陷阱正在包圍牠。我迅速向前，解開我們身上的幻術，並將劍刺進牠的身體。怪物向後一仰，轉身馬上逃跑，但跑沒多遠四周便爆出強光，結界牢牢地將牠圍住了。

「是天庭士兵！」骷髏頭惡靈慘叫聲刺痛了我的耳朵，「我要扒光你們的皮並五馬分屍！」牠再次面對我們，咆哮道。

一聽牠的話，我的怒火瞬間升騰，然而馬上壓抑下來。這是精明的敵軍會善加利用的弱點，骷髏頭惡靈已經證明了牠是個狡猾的對手。

星銀拉著弓，三支箭尖反射著光芒顯得閃閃發光，並馬上往空中射出。怪物雙臂交叉，一道光柱如斗篷般罩住了牠。箭擊中光柱後，像稻草般軟趴趴落下。同一剎那，骷髏頭惡靈撲了過來，利爪狠狠地劈向她的臉。

她奮力格擋，我不顧一切地跳上前猛衝，劍在空中劃出一道弧線，毫不猶豫地劈砍著這怪物。星銀施法撞擊牠的屏障，屏障一裂開，她馬上趁機射出一支箭，刺穿骷髏頭惡靈的手臂。看到她如此天衣無縫地流暢運用法術和武器，我感到很自豪，因為這是我教她的第一件事。

骷髏頭惡靈拔出箭矢，傷口滲出蒼白的液體。牠用爪子滑過，傷口便癒合了，然而牠的臉怒不可遏，表情扭曲。

「妳覺得妳射箭技術很好？」牠冷笑，張開手掌，骨頭碎片從牠的身體噴發而出，如飛鏢般飛向星銀。她倒地翻滾，同時放出屏障。一枚碎片擊中了她，刺穿屏障，嵌入她的肩膀，頓時血流如注。憤怒像燒紅的煤炭般在我胃裡燃燒，我咬緊牙關，飛向這怪物，使劍一次又一次地攻擊牠——極度渴望刺穿牠的身軀來平息我的憤怒。骷髏頭惡靈同樣猛烈地迎擊，但牠很快就累了。我施法包圍牠，牽制住牠的四肢，並將劍尖刺入牠的胸膛。然而牠猛地掙脫，向我撲來——牠齜牙咧嘴，尖牙閃閃發光。我靠得太近了，幾乎就在牠的掌握之中，真是失策。我向後退了一步，但一股力量抓住了我並將我拖向前。正當爪子刺進我的脖子，我準備迎擊，突然眼前出現了一道護盾。星銀的箭在空中劃出一道弧線，猛然刺入骷髏頭惡靈的肩上，牠大聲咒罵並將注意力轉向她。

「退後！」我著急地命令她，一點也不像那個渴望勝利的那個天庭將領——此刻我只擔心她的安危。我想命令其他士兵支援我們，但他們正依照指令堅守崗位，如果他們放開結界，怪物就會逃跑。

當星銀憑直覺行事時，從來不會服從命令，看來她已箭在弦上。骷髏頭惡靈飛撲向她，我衝向前擋住牠的去路。她放出箭，直直射入怪物的頭骨裡。怪物發出一聲慘叫，彎曲的爪子在箭矢上摸索著——牠的手顫抖，接著垂下，倒地，眨一眨眼睛然後閉上，身體在垂死的痙攣中顫抖著。那種垂死前的徒勞掙扎，我見過太多次了。此刻星銀的臉色變得黯淡，曾經我也有過同樣的懊悔，然而，現在已經淡化成了殘影……淡到我幾乎可以假裝不存在。

我們周圍的士兵們從藏身處走了出來，看守結界的勞累使他們的臉色憔悴且蒼白。當他們聚集到骷髏頭惡靈身邊時，我彎下腰檢查星銀的傷口，那是骨頭碎片擊中的地方。我抬起手，施法將法力注入給她。我不擅長治癒，比起施展其他魔法更讓我精疲力盡。然而這麼做很值得，這下天庭太子就沒有趁虛而入的機會。當她的臉慢慢恢復血色，嘴角泛起淡淡的微笑時，我心裡湧起一種難得的滿足感，這種滿足感與我們的勝利無關。

「你應該先照顧你自身上的傷口。」她抗議道。

我忽視傷口的不適。「只是刮傷。」

「骷髏頭惡靈差點扯斷你的喉嚨。」

「謝謝妳為我阻擋了這一切，」我認真地告訴她。她為了我，冒著生命危險，毫不猶豫地將自己置身危險之中。我永遠不會忘記的。

她笑得更燦爛了。「這是報恩，你以前救過我。」

「不只一次。」我驕傲地提醒她。

「這也不會是我最後一次。」她說，目光與我交會，「朋友之間要互相照應。」

儘管她再一次用上我不是很喜歡的「朋友」稱號，這承諾軟化了我堅硬的心。

即便如此，我們之間超越了她聲稱的「友誼」，她的信任是我不會輕視的禮物。

會被我摧毀的信任。我甩開這個念頭。

我不會動搖的，儘管在如此脆弱的基礎上建立未來。自幼我就學會了不擇手段奪取想要的東西，無論是透過武力還是詭計。我生來就帶著沒有特權的頭銜，被推入一個危險的世界，一個我得自己開鑿出位置的世界。我永遠不會背棄奮鬥已久的目標，更何況一切即將到手。內心的理智部分警告我不要再陷進去，但為時已晚。

但是，我不會成為欲望的奴隸，也不會成為愛情俘虜的傻瓜——我的心永遠不會主宰我的腦袋。

淑曉

返回玉宇天宮

《太陽勇士之心》裡，淑曉受命前去營救被俘虜之天神們的故事。

我和夢綺將軍默不作聲地踏上雲朵，其他士兵跟隨在後。他們就是傳說中那曾經令我懼怕的「邪魔」，但實際上他們看起來與其他神仙沒有什麼不同，只是更加傲慢和不討喜。想到之前這位將軍盛氣凌人的態度，我內心依舊不滿。

「為了避免任何誤會，這次任務由我來指揮。」夢綺將軍用傲慢無禮的語氣宣布，正眼瞧都不瞧我一眼。

懊惱地發現她比我還高，我挺起身子。「不行，我比妳熟悉玉宇天宮，知道俘虜會被關在哪裡，應該由我來指揮！」我內心很清楚其實我這是意氣用事，才會想爭奪指揮權，不然我通常都會迴避這種差事。這樣榮耀一點意思都沒有。我自告奮勇是因為這次要營救的是我們自己人，我可不能完全將他們的性命託付給我們過去的仇敵。

「妳在天庭軍隊擔任過相等職位嗎？妳怎麼被解職的？」她質問道。「我不會將我的士兵們交給陌生人，更不會交給無能的人。」

「如果妳只用頭銜來判斷能力的話，必定識人不清啊，將軍。」我頓了一下，確保她聽出我的嘲諷。「不管妳怎麼想，文智已經下令要我負責這個任務，妳要違背他的命令嗎？」

「別如此隨便稱呼國王陛下，妳這無禮的天神！」她咬牙切齒。

「那就別違抗國王陛下的命令，妳這愚蠢的邪魔！」我回嘴。

我對她們的國王沒有任何敬意；即使他現在努力彌補，多多少少軟化我對他的敵意，但我尚未原諒他之前綁架我朋友。而且不只是我，相信星銀也有同感。然而她顯然還在糾結於過去種種，但她的心逐漸轉向那位新登基的雲城國王。雖然這樣會令我非常尊敬的力偉太子傷心，但我首先效忠的是星銀。

夢綺將軍兩眼一瞇，向我走近一步。她的舉止落落大方，充滿自信，若換作是別人我可能會覺得很有魅力，但是她現在一言一行都會激怒我。或許是本能，我的直覺在警告我。

「夠了！別再幼稚鬥嘴了！」她斷然說道，彷彿這一切爭吵不是因她的無禮而引起的。「我們一起指揮，但不要妨礙我。」她冷冷一字一字地說，彷彿我會聽不懂似的。

「我親愛的將軍。」我帶著諷刺回應，「您並不理解什麼叫做合作，您字字句句都顯露出您的傲慢，除非您採取更合作一點的態度，否則我們必將妨礙彼此。」

「妳竟敢質疑我的態度？」她嚴厲地說，「這攸關我士兵們的生命安危，我根本不在乎妳們天神士兵！」

「而這就是為何妳絕不該擔任這次任務的指揮，與其挑起這些無謂的爭執，妳應該先詢問我是否願意共同指揮，而非命令我。」我願意，真的，面對那些真正的危險，我願意放棄這些瑣事。但是飛往天庭國度的旅程既漫長又無聊，而這位將軍讓我忍無可忍。

我們陷入一陣沉默，一種令人不安的沉默，我想像著她咬牙切齒的畫面。

「妳願意共同指揮嗎？」終於她咬牙詢問。

我露出燦爛的笑容，回答她：「當然。」

她簡短地點點頭，「好的，既然紛爭解決，換妳說說妳對玉宇天宮有多熟？天皇會被關在哪裡？」

身為邪魔，她應該不可能去過天庭宮殿。她態度明顯改變，語氣中的仇恨消失了。她能拋開個人恩怨，專注在我們共同目標，使我對她另眼相看，好感度提升……一點點。

「皇室居所位於宮殿正中央，四周環繞內院，兵營則靠近城牆。吳剛想要將天皇居所占為己有——那是他極力渴望的權力象徵。鑒於天皇居所固若金湯，他不太可能將天皇完全移出。天后和太子都不在宮內，俘虜很可能會被關在他們其中一座宮裡。」

她手指彈著下巴，陷入沉思的表情：「為何不是關在牢裡？」

「也有可能，」我承認。「但我認為吳剛會想維持體面，假裝他得到了朝廷大臣們的支持。將天皇和大臣們關進牢房會破壞印象，招來天庭盟友的反感。全仙界都在密切注意他如何對待天皇，再決定與他結盟還是與他為敵。作為一個經驗豐富的臣子，吳剛自然清楚這道理。」

「妳比外表看起來更聰明。」她不情願地說。

我皺起眉頭。「夢綺將軍，妳的讚美和侮辱一樣傷人。」

「我就是故意的。」

她嘴角彎成微笑，我的心有所悸動。我假裝若無其事，看向遠方。「所以我們意見一致，同意先搜索皇室居所嗎？」

她點點頭，壓低聲量，儘管雲上只有我們。「但我們必須小心。我不能冒不必要的風險；不能讓我的士兵白白送死。我不認為拯救天皇，那個迫害我們這麼多年的人，是值得的。」

「我也覺得不值得。」我同意，她吃驚地抬頭看我，「我這麼做不是為了天皇陛下，我還希望他腳底起膿疹咧。」

「那麼是為什麼？」

「因為吳剛俘虜了一些優秀的天庭朝臣，那些試圖反抗他的人，例如建允將軍就在其中。」

她頓了一下說：「我聽過這名將軍，我們的國王曾經與他並肩作戰，當時——」

「——當他在天庭軍隊臥底的時候嗎？」我打斷她的話，我內心對於他的欺瞞仍感到憤怒，尤其是我曾經非常崇拜他。

她愣了一下，說：「不要這麼無情地批判陛下。他別無選擇，不然他只能手無寸鐵地繼續遭受迫害，他比任何享有特權的王室成員都更有資格獲得王位，這是他自己努力贏來的。我為他效力的日子夠長，長到知道不會有比他更好的統治者了。」

她講得如此情真意切，我不禁懷疑她是否對文智懷有感情。真是令人擔憂的想法，因為這絕對是單相思，那位邪魔冰冷的心中只有一個人——這一點早在他擔任天庭將領時就顯而易見的。雖然我不認為他配得上我的朋友，但我不否認他用情極深，並深刻地在星銀心中引起共鳴，縱使她試圖隱藏。

儘管如此，我好奇心作祟，忍不住問道：「妳和妳們的國王是什麼關係？」這個問題太私人，又很無禮，但我不想抱著一絲僥倖，因為文智之前把我們耍得團團轉。

「妳是為妳還是為妳朋友而問的？」她生硬地問。我默不作聲，她繼續說道：「我和陛下從小就認識，我們同樣被敗類威脅，那些人無法容忍有人比他們年輕但更優秀，尤其是像我這種出身卑微的孩子。從我加入軍隊那一刻起，就將自己的命運與他相繫在一起。一部分是出於忠誠，以及我知道，他會比那些試圖打壓他的人爬得更高。」

她的直率減輕了我心頭重擔，自從上回與吳剛在海邊戰鬥，中了他士兵的偃月刀之毒之後，我一直心情很低落。之後龍族不斷讓我喝下噁心的草藥湯，我的精神更是低迷。我不是在抗議，沒那麼傻，也沒有勇氣忤逆一條龍。然而，每當牠們一個又一個拿著瓷碗出現時，我對牠們存在的驚奇感很快就被恐懼消磨光了。

不知何故，今晚在這片雲朵上，因為將軍的陪伴讓我感覺到久違的活力。夢綺將軍之前很煩人，但我現在開始享受她的陪伴。她說話不輕浮，開誠布公，讓她的話語更有分量。我正想要進一步了解她，但是玉宇天宮隱隱約約出現在地平線上，深綠色的屋頂在暮色中閃爍。

我們停下雲朵，示意其他士兵也停下來。「進去沒那麼容易。宮殿設有禁制，唯有獲得吳剛的允許，才能順利進宮，除非特殊情況。」

「那我們來製造一場『特殊情況』如何？」夢綺將軍問，一隻手指輕撫著劍柄。

我咧嘴一笑，贊同她的想法。「如果我在城門認出朋友，我會盡力說服他們幫助我們。我認識大部分的士兵，但不確定誰還在吳剛軍隊。許多效力於前任天皇的人不認同這場政變，但很少人敢說出來。」

「要是妳失敗了呢？要是他們一看到妳就發動攻擊？」雖然這樣說，但她看起來並不在乎。

「我只會和那些不會做這種事的人說話。」儘管我講得很有自信，但我腦袋飛快地想像各種出錯的可能。「如果被迫開戰，我會需要妳的幫助。」我坦言。

「這要看情況。」她反駁道，「我不會讓我的士兵冒不必要的風險。」

她是否對我的性命漠不關心？「如果我被殺了，妳進入皇宮毫無勝算。」我點醒她。

「就死一些天神罷了。」她聳聳肩，「還有更要緊的事。」

「對，像是貴國國王的怒氣和失望。」我回嘴。

她嘴巴抿了起來，看得出來她很在意文智的想法——這是出自尊重的忠誠，並並非因為義務。文智能夠從如此有能力的下屬那裡贏得如此信任，無論是他指揮過的天神士兵，還是他並不真心服從的人，這都彰顯出他的品格。

「我們會確保妳的安全。」她不情願地答應，「我會跟妳一起去，我有辦法說服不肯就範的人。」

她說話時瞳孔像瑪瑙般閃閃發亮，我心一縮，幾乎忘了這些邪魔擁有的可怕力量，雖然他們也因此受到迫害。除非別無辦法，我不想讓她干擾別人的腦袋。

「讓我先跟他們談談吧，妳在這裡等我打信號。」

「要是妳失敗呢？」

我做了個鬼臉，「那指揮權就全歸妳，如妳所願。」

★　★　★

看見玉宇天宮沒有讓我感到雀躍，只有陰暗與恐懼。我離開這裡不是才過了幾周？彷彿過了好幾年，幾十年……即使我在這裡生活大半輩子了，這座宮殿從來不像家，從來都不像。我沒感覺到溫暖，沒有一絲振奮，一見到圍著皇宮的城牆，我內心只有緊張和不安。

我飛向東門，小心翼翼地保持距離，觀察那裡的守衛。人數比我預期的還少；大多數士兵已動員調往雲城邊界，可能正在預謀偷襲。只有吳剛信任的士兵在這裡值勤，他們蒼白的臉孔微微發光，手中握著偃月刀。他們既非神仙也非凡人，無血也無肉。我回想起那把該死的刀刃插入我身體裡，渾身不禁顫抖起來，那種讓我全身彷若四分五裂的痛。不行，我不能從這裡進去。不可能說服這種士兵，他們毫無疑問服從吳剛的指令。

我放棄東門，飛向北門。北門較小，不常通行，因為從這裡通往內外院的小徑曲折蜿蜒。幸運的是，除了吳剛的軍隊外，天神也一起守衛北門。圍繞城牆的防護結界很堅固強大，即使那麼遠的距離都感覺得到，我謹慎小心地站在遠處。

我瞥見一張熟面孔，鬆了一口氣，並耐心等到他獨自一人。「翡懋。」我低聲喊道，透過一縷風將我的話傳送給他。

他轉向我，身為一名弓箭手，他的視力很敏銳。他再次轉頭，好像是在確認身旁只有他一人，然後才再次朝我看過來。

「淑曉？妳為何在這裡？我們奉命一見到妳就必須將妳逮捕。」

真是令人欣慰，他沒有立即呼喊救援，「你會嗎？」我向他確認，因為他無法當著我的面說謊。

他搖搖頭說：「我們已經失去太多自己人了。」

聽到他的話讓我高興，代表他還是把我當自己人。「你為何沒有跟天庭軍隊一起前往邊境？」

「天庭軍隊？」他尖酸地重複這個詞，「它早已不配這個名稱了。無論吳剛怎麼說，我們都知道他招募的新兵是什麼東西。我們都認得那些靈魂——我們逝去的朋友和戰友，被迫淪為這樣……卑鄙的奴役。真的很邪惡，我們剩下的人還會有什麼下場？我們能存活至今是因為我們藏起了怒火，假意服從——但吳剛除了他自己的士兵，完全不會信任我們。」

完全合理，我心想，「你知道我效忠誰，絕不會是那個假天皇。」我克制住急於求助的衝動。遊說是一門技藝，當人們沒有意識到自己被誘導時，說服的效果會更好。其中最重要的，就是傾聽的能力，找出線索並形成關聯。我不想要操縱翡懋，但我需要說服他。

「吳剛的確是假的。」翡懋苦澀地同意道，「他之前就不像個將軍，動輒嚴懲，只獎賞那些完全忠於他的人。做了皇帝之後也好不到哪裡去，處處都視為威脅，除了那些沒有自我意志的人。」

「效忠這樣的主子有什麼未來？」我故意刺激他，暗自慶幸他自己開了頭。「他的野心全都源自於為自己所受到的侮辱報仇，即使親手殺了那個人，他仍滿懷怨恨。吳剛一點都不在乎整個仙界；他會把我們都帶向毀滅。」我緩慢地說，確保他聽進我說的話。「你是不是也覺得這樣不對？這就是為何你沒有參與戰鬥的原因嗎？」

他嘴唇一抿，「我不想要打這場仗，我不相信宣戰原因。」

「他們允許你拒絕參戰？」

「最近我的射箭能力明顯下降許多，手臂受傷了。」我聽出他語氣中的調侃。「我對吳剛玩的把戲沒興趣，我留守此地是為了保護我在乎的人。」

「是建允將軍嗎？他就是我來的原因。」我跟他說。

他馬上點點頭，「天皇陛下呢？妳打算怎麼救他們出來？」

我對天皇沒好感，但至少現在我們的目標一致。「你幫我入宮，我就能救他出來。」

他皺了眉頭，「淑曉，我們無法獨自做到這件事的。雖然近來守衛漸少，但周圍士兵還是很多。有些看守著城門，有些守在天后的庭院，人質都被關在那裡。」

「我們不會獨自行動，我帶了救兵。」

「是誰？」

「來自雲城的士兵們。」我考慮過不告訴他，但這會背叛他對我的信任，也許最後還會傷害我們的友誼。

他驚訝且生氣地倒退一步，「妳現在跟邪魔合作？」

「我們現在是盟友結合。我們需要任何可能的幫助，有時候更強大的怪物才能解決問題。」我誠懇地對他說，「力偉太子派我來保護俘虜，因為一觸即發的戰爭讓他們處於極大的危險之中。如果我們不救出他們，他們可能會被殺掉。太子殿下信任我，也信任那些與我並肩作戰的人，你願意幫助我們嗎？」

翡懋顯得猶豫不決，我屏息以待。「如果這是太子殿下的意思，我願意遵從。」他終於開口，並說：「我會假裝聽到牆外有騷動，部分守衛會跟隨我前去查看，少數人會留下。等到我回來之前，別試圖闖入，藏好自己跟妳的氣息。我們一起進宮，幸運的話，紛亂之中他們不會察覺到妳的存在。」他繼續說著，「我在建允將軍的面前，可從來不敢這樣做，但吳剛不是他自以為的那種領袖。他的士兵們儘管很聽話，但若吳剛不在一旁指揮，他們無法應付突發狀況的。」

「要是他們發現我們呢？」我問道。

「那我希望妳的救兵能及時出現，並且希望邪魔的戰鬥能力如同他們傳言的那般厲害。」他嚴肅地回答。

我點了點頭，翡懋對著其他守衛大喊，並指著我藏匿另一頭方向，「剛剛有東西飛過去！是刺客！」

士兵們無聲無息地聚集，彼此完全沒有交流。雲朵紛紛下降，懸浮在他們身邊。翡懋踏上其中一朵雲，一名士兵也跟著上去，但翡懋擋住他的去路，「我先去追他們，各自飛行比較快。」

士兵們一一乘雲升空，我身旁颳起一陣風。太陽變成一枚鮮紅色的圓盤，光芒照耀著屋簷上的龍雕，玉瓦閃閃發光彷若雨水打濕。想起夢綺將軍與她的士兵們，我施展一道閃光做為信號。將軍隨即出現，並向我飛來。

「妳離開太久了吧。」她表示，「發生什麼事了？」

「一位老朋友會幫助我進去。」我直接了當地說。

「那我們呢？」

「先留在這裡。靠近城門。一旦我救出人質，我們就會需要妳們協助脫逃。」

她皺起眉頭，「我跟妳去，我的副手可以負責這裡，他們會等我們回來。」

如果我們回得來的話。我甩頭拋開這念頭。「妳為何想要一起去？」

「我不是那種可以冷眼旁觀的人。」她歪著頭說，「我對玉宇天宮也很好奇，這是觀察敵方地形的好機會。」

想要抗議的習慣浮上心頭，但我壓了下去。經過這場戰役，各國度要不是更密切結盟……或者就在吳剛的枷鎖下崩裂。確實令人深思，目前我們所面臨的風險，提醒著我們都在同一條船上。沒等我答應，夢綺將軍便去交代她的士兵們。她回來後，我們施展一道隱身罩遮蔽住我們的身影。

我們沒有等太久，翡懋很快就現身，向我們飛來。「她就是邪魔？」他狐疑地看著夢綺將軍，彷彿預期她有兩顆頭。

「你們天神以為邪魔這詞是個羞辱，但不完全如此。」夢綺將軍噓聲說道，「這稱呼在嚇唬膽小鬼的時候可是超有用的。」

看著翡懋憤怒的表情，我很想大笑，但我們需要他的幫助。「別理她，她有冒犯所有人的才能。你能帶我們越過城牆嗎？」

翡懋示意我們踏上他的雲朵，「我們一落地，妳們就要盡快行動。我不能離開太久，不然會引起懷疑。一旦妳們救出了人質，就去北門。必要的話，我會和妳們並肩作戰。」

「謝謝。」我感激地跟他說。

他點點頭，「謝謝妳做了我們做不到的事。希望天皇陛下跟建允將軍平安無事。」

「但願如此。」我喃喃自語。

我們穿過結界，雲朵還未停穩，我就跳了下來往前衝，趕緊遠離城門。夢綺將軍緊跟在後，我們小心翼翼地穿過一處荒廢的院子，那是星銀和力偉太子以往從玉宇天宮溜出去時所用的庭院。許多資深守衛都知道他們的花招，只是我們都沒有說破，讓他們誤以為大家都沒發現。

「人質都關在天后的庭院裡。」我壓低聲音告訴將軍，「我們必須先確保他們的安危，一旦成功解救，他們可以與我們並肩作戰。」

「如果他們還能夠作戰的話。」夢綺將軍冷冷地說。

這是個令人不寒而慄的想法；我從來沒想過他們可能會失去能力。要是他們都受傷了呢？被虐待？我按捺心中的不安，如果他們真的受傷了，我們更應該要加快腳步。我們到了天后的庭院時，我突然想到我從沒來過這裡。幸好如此，因為天后的召見通常是為了責罰或懲戒。

入口處雕刻著金黃喙嘴和鑲滿寶石翅膀的長尾鳳凰。門的兩側各種開滿花的樹，鮮紅色的花朵，帶著黃色花蕊。

「八名士兵。」夢綺將軍打量著守衛，「裡頭明顯還會更多。」

「一個就夠了。」我提醒她，「別低估他們，吳剛的士兵們不會疼痛也不會恐懼。火可以造成傷害，但他們恢復速度極快，造成不了什麼傷勢。妳也無法操控他們的思想——文智試過了。更糟的是，他們的偃月刀會吸取我們的生命力。我見過他們一刀就殺死一名天神。」想起那個畫面，我胸口一緊。

「就這樣？」她不耐煩地問道，也許是為了掩飾自己的不安。「沒有鐵爪、毒螯、或噴出火焰嗎？」我忍住突來的笑意。「他們服從命令，無法獨立。如果我們出其不意，也許就能出奇制勝，不過我們必須把騷亂範圍控制在天后的庭院裡。」我繼續說：「我來牽制他們，你去釋放人質，然後記得藏好，不要與守衛直接衝突。」

我沒有那麼想衝鋒陷陣當誘餌，但她不是天神；這不是她的戰役。更主要的原因是，我曾經面對過吳剛的士兵而且……我不想要讓她受傷。

她打量著我的臉，「是個公平的計畫，但應該由我來分散守衛的注意力，妳來救出人質。」

我搖搖頭，「不——」

她搶話，不顧我的抗議，「天皇不會願意跟著我，跟著一個邪魔離開的。我們必須盡快解放人質，盡快逃離。妳是解救任務的最佳人選。」

的確是，然而讓她冒那麼大的風險令我感到愧疚。只要被偃月刀畫上一刀——我甩開這念頭。「妳一定要遠離那些武器，千萬不能讓他們抓到妳。」

「不會的，我會盡量把他們困在庭院，但妳必須隱藏裡頭任何聲音和動靜。如果他們沒有召集更多人手，應該還足以應付。」她緊繃地笑了笑，「別去太久。」

「不會的。」我向她保證。

我施法編織隱蔽罩，盡所能地覆蓋整個庭院。編得稀稀疏疏的，不夠堅固——然而非常時刻，這樣就足夠了。

夢綺將軍拔出劍，刀刃閃著白光。夜幕已落下，這不太妙，因為黑暗之中視線有限。她舉起手，掌心迸出火光並揮向大門，木門如紙做的一般被火迅猛吞噬。守衛們衝向她，她閃躲衝進燃燒的門口下方，躲開他們的攻擊。

我的心如此用力蹦跳，彷彿即將爆炸。我是在擔心自己還是擔心她？可能都是，因為現在我們休戚與共。沒什麼時間可浪費了，無論將軍的能力如何，她都無法阻擋那些怪物太久。我迅速爬上城牆，從牆的另一頭跳下。裡頭有許多守衛，正朝著夢綺將軍引起騷動的方向前進。我回頭一瞥，看見她奔向庭院。好在這地方夠遼闊，有竹林、花叢和幽靜的涼亭，足以讓人匿影藏形。

我沿著城牆悄悄溜走，藏在陰影處，努力保持隱蔽罩完好無損。如果法術被破壞，騷動就會引來宮裡所有的守衛。通往天后寢宮的城門鎖著，但無人留守——也許士兵都被引開。我將手揮向門，施展法力，木板隨之破裂，並猛然敞開。門裡一片黑，窗簾全拉下，但我毫不猶豫地衝了進去。我關上身後的門，轉過身來，一盞閃爍的燈籠將我的影子拉長。

眼前的景象讓我血液瞬間凝固，這詭異的景象彷彿噩夢成真。天皇端坐在房內另一端盡頭深處的一張紅漆椅上，椅背上雕刻著鳳凰翅膀。建允將軍、道明老師和其他權貴們都被安排在他周圍。他們坐得筆直，雙臂擱在木椅扶手上。他們像座雕像一樣靜止不動，蒼白的皮膚上閃爍著蠟質光澤，眼睛睜得大大的，然而卻無神地凝視前方，彷彿失明。他們……死了嗎？不，要是吳剛殺了他們，他的士兵們就不需要再守著皇宮了。他們維持這樣的姿勢坐多久了？是睡著了嗎？或者被施了法，被凍了起來，但卻清醒著——這無疑是對身心靈的一種折磨，如果這是報復，那真的是超級惡毒。

我立刻衝向建允將軍，他目光茫然，看不出任何看得見我的跡象。我一碰到他的手，手指立刻傳來一陣劇痛，痛感迅速蔓延整隻手臂。我立刻施法做一道防護，擋住這奇怪的魔法並掙脫開我的手。我大口喘氣，額頭冒汗。建允將軍抽搐起來，兩眼快速眨動。我不敢再碰他，於是匯聚能量，緩慢注入他的體內，然而卻感覺到從他的體內似乎散開一股怪異的能量，並將他束縛原地。我小心地一點點解除這些像荊棘一樣嵌入他體內的魔法封印。每解開一層，咒術的力量便削弱一分——終於，建允將軍猛吸了一口氣，身體往前一倒，我抓住他的肩膀穩住他，但碰到他冰冷的皮膚又忍不住手一縮。看著他的臉色從蒼白蠟色轉為紅潤，我如釋重負。

「天皇陛下，還有其他大臣們——」他沙啞地喘氣說。

他踉蹌站起身走向天皇，我趕緊跑到道明老師身邊幫她解除封印，同時建允將軍的能量環繞天皇，天皇身體一動，眨了眨眼睛，身體蜷縮，虛弱地靠在椅子上。

我和建允將軍、道明老師趕緊去解救其餘大臣。他們一一從折磨中醒來，震驚並極度憤怒。

「吳剛應該受到嚴懲！」一名大臣咆哮，「他竟敢做出這種事？囚禁我們，假冒天皇，我們的軍隊及盟友絕不容忍這事！」

「他會付出代價的。」天皇開口了，但聲音聽起來空洞，手也不停顫抖。

「我們必須先撤離皇宮。」面對這樣尊貴的聽眾，過去我或許會膽怯，但如今迫在眉睫，顧慮不了那麼多。我衝向大門，擔心夢綺將軍在外頭身陷危險，「保持警戒，士兵們——」

「我的軍隊呢？」天皇質問道。「他們必定會來救我，肯定不會效忠那個叛徒。」

我對他說，「天皇陛下，您的軍隊已不復存在。吳剛的亡靈士兵已經填補軍隊空缺。有些士兵們雖然迫於生存留下來，但也暗中協助我們。」我斟酌我說的話，以免翡懋他們受到牽連。「是雲城軍隊支援這次行動。」

「雲城？」天皇氣急敗壞，臉色一陣白一陣紅。

我多希望星銀親眼看到他這模樣，天皇天后對她這麼不友善，動不動就羞辱她、懷疑她。他們錯了；他們的仇敵不是她。他們被阿諛諂媚和吹捧過頭的優越感蒙蔽了雙眼，因錯誤的判斷而跌了一跤。如果不是因為吳剛的背叛像瘴氣橫行般讓整個國境翻天覆地，我會很開心看到天皇天后如此難堪。

「是的，是雲城。」我一字一字清晰說著，「在我們說話的當下，他們其中一名將軍正在外頭捨命冒險阻擋著吳剛的士兵。不要浪費時間了，逃離之前必須先幫她脫身！」

我二話不說，大步邁出，所有人都跟著走出來。庭院一片混亂，花草被踐踏，烈火吞噬著亭柱。夢綺將軍正被吳剛的士兵重重包圍，刀光劍影，劃出一道寬弧火花格檔，而士兵仍步步逼近。

雲朵從天而降，停在天皇的腳邊，他踩上其中一朵雲，其他朝臣接著跟上。我怒火中燒。在確保大家都安全之前，他們怎能就這樣逃跑？我們冒著生命危險救援，他們卻毫不關心我們的性命。自私的膽小鬼，他們全部都是。但我不會放棄我的盟友。我向前衝去，砍向一名士兵，奮力為夢綺將軍脫困。這時我看到建允將軍在我身邊加入戰鬥，還有道明老師——我們的攻擊勉強打開一個破口。

「快！」我對夢綺將軍大喊，同時召喚一朵雲。她衝向我們，躲開士兵們的攻擊。我們跳上雲朵，升向天空，盡可能飛到皇宮結界的最高處。當我們接近北門，我的神經更加緊繃，吳剛的士兵紛紛乘雲升空，急起直追——而天皇和朝臣們早已將我們甩在身後。

「城牆四周有結界！」建允將軍警告。

他與道明老師凝聚他們的能量，空氣隨之波動，能量化作一道光拋擲出去，擊向了無形的結界。結界微微震動，然而卻完好無損。天空另一端遠處，天皇舉起雙手，一道道白色與金色的魔法迸發而出，宛如暴風雪般猛擊並穿透了結界，結界隨之碎裂，碎片像冰雹般散落。

我們暢行無阻地翻過城牆——吳剛的士兵緊跟在後。我們雙手盡力放出魔法，加速前進，然而他們仍然步步逼近。此刻前方終於出現雲城士兵，從他們隱匿處現身，周圍籠罩著一層霧氣，一直蔓延延伸足以遮蔽我們的蹤跡。他們以蜿蜒的方式在我們中間盤旋飛翔，接著四處散兵游擊，甩掉我們的追兵並將他們引開。夢綺將軍確實將他們訓練有素。

我這才鬆了一口氣，回頭一看發現翡懋正駕雲騰空，飛離玉宇天宮。如今天庭對他來說已經不安全，尤其若是吳剛今日大獲全勝。

有人走過來站在我旁邊。「謝謝妳。」夢綺將軍雙手交疊身後說，「有那麼一刻，我以為自己被背棄了。」

我不可置信地看著她，「那妳不該謝我，應該向我道歉。在妳眼中我那麼低級嗎？」

「我對所有天神評價都不高。」她承認道，「雖然最近提升一些了。」

我笑了，喜歡我們之間開始建立起來的輕鬆氛圍。「我希望能持續提升。」

她的頭微微朝向我，目光打量著——但不像之前那樣讓我感覺受到冒犯。這次感覺有些親密，少了幾分算計。或許是因為我現在以不同的眼光看待她。

「這取決於繼續跟我搭檔的人。」

「對邪魔我也有同感。」我告訴她。

「那……我們是否應該努力改變對方的看法呢？」她略帶探詢地問。

這是個邀約嗎？她臉頰上是紅暈嗎？看見她對我微笑，我的心情愉悅了起來，發現自己渴望接受她的邀約……因為我還想再見她一面。

力偉

競敵的靈魂

《太陽勇士之心》裡最後一戰後，力偉登上了皇位。

彎月閃耀，眾星環繞。我何時能抬頭看著星月卻不再想她呢？我既渴望又害怕有這麼一天。我離開窗邊坐回桌前，倚靠在椅背闔上雙眼。黑暗中，我幾乎可以聽見星銀的笛聲輕快悠揚，就像她過去在我的庭院為我演奏那樣，在被天庭的各種動盪淹沒之前。僅僅這些回憶往事的片段就足以攪動起心裡如寒池的悔恨，帶給我一點溫暖。

我曾渴望她能融入我在這裡的生活，並始終認為成為天皇是我的首要任務。雖然我從來沒有渴望過皇位帶來的權力，但也不會放棄我的職責。如果她待在這裡能開心，我的幸福就圓滿了。然而這裡是我家，從來不是她的。我們一起度過的日子著實珍貴，我希望我們能有更多時間一起生活，像曾經夢想的那般無憂無慮——但命運的劇變，我們都因此受了傷。

我們曾試著修補那些裂痕，幾乎快要成功建立某種新關係——然而都無法像之前那樣完整了，就像嘗試撫平一張摺疊過的網子。是我錯了嗎？希望她可以融入我的生活，而不是期望她得到最適合她的？我是否應該在她應付天庭事務時給她下指導棋，以得到我父母的喜愛？她的生活可能會輕鬆一些，但她會變得不像她自己。我不應該期待她為我而改變，但是在我最黑暗的時候，我多麼渴望她……

多麼希望她能夠這樣做。

真是自私的想法，星銀已經付出這麼多。愛是最重要的，但我卻最先忽視。即使如此，她仍然支持我，捍衛並保護我，並從吳剛的惡行中拯救天庭。我原以為沒有什麼可以摧毀她，但我錯了。沒有人是無懈可擊的，那些更強大的人可能更會忍耐，也為此付出了代價。

她不認為自己是英雄，但對我來說她是。她毫無埋怨也毫無算計地奉獻自己，儘管這讓她筋疲力盡。在她最悲痛的日子裡，她依然留在我身邊，試著減輕我的負擔。我剛失去母親，並繼承了皇位——因吳剛叛變而削弱的皇位——我依賴著她，接受她的安慰，卻一點也沒顧慮到她的感受。剛開始，我並不了解她的悲痛多深，而之後——我不想談論這件事，不想知道他對她的意義多大，以及這對我們的影響。我只相信只要我們在一起，就能終成眷屬，她會逐漸淡忘他。這可能曾經是對的，但不再是了。她離開玉宇天宮時，是如此悲傷心碎……而我卻讓她這樣離開。

星銀認為她的心被撕裂了，其實我也是——雖然方式不同。我愛我的國度及百姓，早在我遇到星銀之前，這些便是我生命的意義、目標及溫暖來源。就像她總是做她認為對的事情，我也如此。就像她在這裡不會開心，我不會任意流浪，當我的國家需要我時我卻拋下它，我也無法開心。愧疚吞噬著我，直到耗盡所有幸福。如今，我的選擇帶來了平靜，無論這樣的選擇付出了什麼代價。

我胸口忽然一陣痛，今晚似乎是揭露苦澀真相的時刻，儘管我不願意面對這些真相。我不應該與逝者爭風吃醋，但星銀與這邪魔的感情——與我們之間的不同，雖然同樣深刻。她對他的感情比她所承認的還要深，或者是她太晚才意識到這一點。至於他，比我更清楚地吸取教訓，堅定不移地追求她，不惜一切代價，甚至犧牲自己拯救她。

我雙肘撐桌，強迫自己將心思拉回待處理的政務上。看顧整個境域是個無止盡的任務。要解決國家事務、向有需要的人伸出援手、修正困擾大家的不公亂象，這一切都讓我感到無比滿足。百姓們的感激和讚賞帶給我一種從未體驗過的快樂，一種我越來越珍惜的平靜愉悅。

我依然想念星銀，但我並沒有真正失去她。我們的友情深厚，即使一切凋零，友誼長存。如果我需要她，她一定會前來，雖然她可能不會留下來。同樣的，若是有什麼我能為她做的，她只要開口說一聲就好。

我不會自憐自哀，我是天庭皇帝，統治整個天與地。我並不打算孤獨終生，沉溺過去。我會選擇一位能為我的世界增添光彩並一同珍惜的伴侶，一個我可能會漸漸愛上的人。雖然可能不會是我想像中的那種愛情，但也不會因此有所減損。生活並不完美；總是會有一些隱藏的傷痕，偽裝在笑容底下的痛苦，任何幸福都要付出代價。我們必須盡力扛起重擔，因為只有我們知道它們真正的重量。

我拾起卷軸，展開厚重的錦緞。是來自東海的消息，請求交換軍事指揮官。我們的士兵訓練有素，經驗更豐富，看起來是施以恩惠，但同時這麼做也有利於強化我們在四海的忠誠盟邦。我隨即提筆回信給他們的國王應諾此事，然後又拿起另一卷軸——是封來自黃金沙漠的急件，由近來統一各部落的新統治者傳來的。據我們所知，並非大家都喜歡這場變革——有些人提出抗議，但局勢看來尚在掌握中。

我一邊讀著，一邊煩躁地用手指敲打著桌子。翼魔們正在黃金沙漠裡聚集，雖然數量不多，但若不加防範，細流終會匯集成洪水。這些怪物以前並沒有公然與我們作對，但它們與其他更強大更危險的怪物多少有些接觸。新問題層出不窮，我父親之前就是這樣讓事情逐漸失控的嗎？不是因為冷漠無情或漠不關心，而是因為對一名——即使是神仙——也難以承受？

我將卷軸推到一旁，決定去徵詢建允將軍的意見。我想要派天庭軍隊立刻去阻止它們，但我們必須先了解它們出現的原因。它們沒有刻意隱藏，也沒有做出什麼事需要我們干預。若這是個誘餌，行動太快可能會掉進陷阱，但也許會因此揭露更大的計謀。在治理上，必須對迅速行動的必要性與可能後果進行評估，以保持微妙的平衡。

正當我伸手去取另一支卷軸，有人敲了門。一名侍從站在門口，目光低垂鞠了個躬，「天皇陛下，凡間命運守護神與建允將軍請求晉見。」

我請他們進來，心裡感到不安，除非極為重要之大事，他們不會在這時間過來。他們還在鞠躬施禮時，我直接了當地問：「尊敬的命運守護神，凡間一切太平嗎？」

「天皇陛下，我們來此便是要向您稟報近來異象。」他清清喉嚨，繼續說：「在雲城邊緣。」

我雙手不由自主地緊握。我努力鬆開手指，將手放在大腿上，問道：「那裡發生了什麼事呢？」

「在黃金沙漠邊境有股能量湧動。」建允將軍解釋。「我們認為是他，雲城國王。」

「他死了。」我冷冷地說，刻意用嚴厲的口吻說。我不憐憫他，這個天庭叛徒，滿嘴謊言的騙子，那個從我身邊奪走星銀的人。

「他的靈魂在那裡流連徘徊，我們之前就偵測到一些跡象，也按照天皇陛下您之前的吩咐觀察過。」守護神毫無畏懼地繼續說，「當年，月桂樹雖然保留了他的部分意識，但卻不足以讓他起死回生。」

「然而，他的靈魂似乎逐漸在增強。」建允將軍說著。

「這怎麼可能？」我粗聲問，「是因為月桂樹嗎？它不是被摧毀了？」

「月桂樹已燒成灰了。」建允將軍回覆道。「是其他東西牽絆著他的靈魂，甚至強化了它，我們不確定是什麼或者如何辦到的。」

「或者是誰。」凡間命運守護神默默地補充說。

我心中一絲微弱的懷疑漸漸蔓延。是星銀——還有誰能如此深深牽引著他，甚至超越死亡？

「以前不可能的事，現在也許可能了。」建允將軍謹慎地說。「我們或許可以把他送到凡間，為他重返仙界做準備——」

「前提是陛下願意的話。」守護神摸著鬍鬚插話道。

不，我不願意；我不是石頭做的。當年我的心曾因星銀的痛苦及他的犧牲而有所軟化，曾經想盡我所能減輕她的悲傷，即使是幫助一個我憎恨及厭惡的人。我仍然想幫助她，然而……過了那麼多年，我漸漸習慣將他從我的腦海中排除，活在一個不曾有他的世界。自私的念頭悄然滋長。為何他可以有第二次機會？為何他能得到我得不到的？

幫或不幫？這件事如沉重的鎖纏繞在我心頭。更何況，黃金沙漠和雲城皆非我疆域所在，沒必要也沒理由去折磨自己。我低頭一看，發現我手中的卷軸被捏得皺巴巴的，我深吸一口氣並撫平卷軸，暗自責備自己的失態。

「建允將軍，尊敬的守護神——夜已深，此事擇日再談。」我的語氣帶著不容異議的威嚴。

他們對視片刻，然後默然退下。他們不只是朝中重臣，更是我尊敬的老師——如今，也是我最值得信賴的左右手。他們也教導過星銀，並像照顧我一樣也關心她的安好。但我已經下達命令。我沒有接納他們的意見；我不想聽。

我起身離開房間，一名侍女跟著我，提著燈籠照亮前方的路——剛剛正是她領著訪客過來。來到我寢宮的房門時，她停了下來並轉過身。她的雙頰紅潤，手指緊握著燈籠的提把，向我走近一步。她很可愛，母鹿般清澈的圓眼，精緻的五官，長髮及腰。也許今晚的往事回憶使我放下心防，有股熱流意外在我心裡蕩漾。我已經許久沒有感覺到這種欲望了，一種讓我陶醉於擁抱的誘惑，去感受有人雙臂緊緊環抱，享受溫柔的撫慰。這難道不比自己孤枕難眠還好多了嗎？

我止步不語，她眼眸閃閃發亮然後低垂，輕咬紅唇。「今晚我能侍候您嗎，天皇陛下？」她柔聲媚語地說。

我內心的意亂情迷忽然瞬間消散。星銀的種種模樣浮上腦海。她從不矯揉造作，也不會虛情假意。沒人可以取代她，至少今晚沒有。

我搖搖頭，語氣冷淡，「妳可以退下了。」

她眉頭微微皺起，然而馬上微笑掩飾。她鞠躬退去，她的情感似乎是一種可以隨意戴上或卸下的面具，而我對虛偽特別敏感。她很可能是被訓練成這樣的棋子，隨時可以被送到可能為她夫人謀取利益的任何機會。又或許她只是野心勃勃，盡可能地精明算計著這些恩惠。我父親可能曾經冷酷無情地接受這些獻禮或奉承——但這種操控彷彿澆了我一盆冷水，我早已超越了欲望的追求。

那晚我無法入睡，內心始終焦躁不安。無視建允將軍和凡間命運守護神告訴我的事，感覺不太對勁。無論我多麼鄙視那個邪魔，我都欠他一份情，欠他自我犧牲的這份榮耀。現在很少人叫他邪魔了，但是說他是邪魔比較容易憎恨他。儘管如此，他救了星銀，盡全力地在吳剛的怒火攻擊中庇護她，撐到我們趕來幫助她。他為了保護她而死，也保護了我們的國度。

這就是為何她無法忘懷他嗎？我知道她不是因為如此而愛著他，畢竟她早就愛上他了。至今我仍時不時想起他們在芬芳扶桑林裡接吻的模樣，身體如此契合，而她看他的眼神，就像她以前看我的眼神。早在那邪魔嚥下最後一口氣之前，我就已經失去她了。

我從床上起身，披了件長袍，將頭髮束成髻。我一離開房間，侍衛緊隨在後。他們已經習慣我在奇怪的時間醒來，但我今天沒有如往常前往書房，而是走向玉宇天宮的大門。

其中一名士兵清清喉嚨：「天皇陛下，如果您打算離開皇宮，是否需要我們通知建允將軍一聲？」

「他又不是我的奶娘！」我語氣嚴厲，脾氣暴躁。然而她提醒我是對的，尤其考量近來黃金沙漠的動盪，以及我們與雲城的微妙關係。我不能再魯莽行事了，因為我是天皇，我若有任何受傷都會對天庭的榮譽造成損害。

「召集一隊衛兵隨行。」我平靜地說道。

他們一到，我們隨即乘雲而行。我領先飛行，士兵們緊跟在後。夜深風勁，在狂野的飛行中，我深深吸了一口氣，享受這無拘無束廣闊的自由。我已經很久沒有離開皇宮了，心甘情願被關在宮殿裡。我應該走入民間，聽聽他們的聲音，而非只是從他們的請願訴狀來了解民間疾苦。我想要有血有肉地活著，而非僅是皇座上的一尊雕像。

沙漠的沙子在月光下閃閃發著白光，我們的雲朵降落時，我對士兵們說：「在這裡等我，我自己過去。」

「天皇陛下，這樣太危險。」其中一名士兵擔憂地說，「您是否願意讓幾名士兵跟隨著您？」

「你是懷疑我無法保護自己嗎？」我跟著他們受訓多年了，他們還是總認為我無能為力，這真的很令我惱火。「我會保護好自己，這裡除了沙和雲，什麼都沒有。」

守衛們面面相覷，但他們不敢再提出異議。我今晚確實獨自一人，不僅僅是渴望孤獨。這個地方勾起了太多的回憶，那些回憶太深太痛苦，難以隱藏。而且，如果這裡真的有所存在的話，我不想有人目擊我們的相會。

我繼續往前走，突然感到迷惘，我為何要來這裡？是因為好奇心驅使？還是渴望有個了結？我內心一部分想與他正面交鋒——如果他還活著，能打擊他我會很高興，那是他應得的。然而，這些情緒都過去了——如今僅存零星的回憶片段、回音，或殘影。

我在邊界停了下來。雖然在他們王后的統治下，我們兩國關係有所改善，但我們先前的協議仍然有效；我們不能未經允許就踏入雲城。這協議不是什麼大事，因為沒有天神會想要冒險到這裡，大多天神仍然抱有陳舊的信仰及偏見。我不會打破脆弱的和平；他們沒有理由對我們動手。儘管我們曾短暫結盟來對抗吳剛，但我依舊不信任他們。兩國的怨恨依然深重，尤其是他們國王逝去之後。

我仔細觀察周圍能量，空中瀰漫著一種陌生香氣，一絲松樹的芬芳。我緩緩吸了一口氣，伸出手施展法術，尋找無形之物。我的生命之術使我敏銳地察覺到神仙的存在，即使只是個影子。我耐心地在一片寂靜中搜尋——直到我感受到他。他的靈魂，無論殘存多少。

「你為何在這裡？」我大聲說，覺得自己很愚蠢，竟然想跟靈魂交談。它們無法說話，也毫無感知，早已不屬於我們的世界。然而，為何我能感覺到以往在他旁邊就出現的壓迫感呢？我意識到他的存在，雖然這違背我們認知的一切。

沒有任何回應。我感到鬆了一口氣後轉過身，但隨即一陣涼風向我襲來，水滴在我手背上凝聚，並緩緩滑上我的手臂。天空明明萬里無雲，靈魂是無法操控這些自然元素的……然而那邪魔並非普通神仙，而是我們仙域裡最強大的神仙之一。

我靜靜等待。無論以什麼形式出現，對他來說都需要巨大的努力與損耗。我的眼前出現光點閃爍，如此微弱，宛如一縷柔和的夕陽餘韻。

「你想要什麼？」我忍不住對著光點問道。

那些光點顫抖，一絲低語滑入我的意識：凡間，你會送我去那裡嗎？話語斷斷續續，彷彿費了很大的力氣才說出來。但毫無疑問是他。

「為什麼？」我沒有心情保持風度。他總是能激怒我，就算他已經死了。

一陣長久的沉默後，下一句話才緩緩飄來。我一開始什麼也沒感覺到，直到她來了。她一次又一次回來，邊哭邊對我說話，直到有一天……我從虛無中醒來。她需要我，就像我需要她。

聽到這些話讓我心很痛，他並非故意無禮或炫耀；他只是靈魂的殘影，緊緊抓住一點回憶的殘影——然而同樣能刺痛我的心。我施展魔法，增強了他的聲音，讓他的話聽起來更清楚。

「你配不上她。」我情緒激動地說。

我會努力配得起她。

「你為何不自己跟星銀說？」我嚴厲地問。

她仍然很哀傷，我不想不切實際地燃起她的希望，這樣會令她更痛苦。

我胸口一緊，我以為他會自私地想留住她，即使是死亡。然而他仍然為她著想——我也應該如此。

如果你不願這樣做，我也不會怪你。以前要是我能從你身邊奪回她，我一定不會管你死活。聽他這麼說，我內心一陣憤怒。

但如果你拒絕，那就讓所有剩下的一切隨風而逝吧，這樣她就不會再來了。我不想讓她陷入空洞的希望，我要她活下去。

「即使是跟我在一起？」這不是嘲諷，而是考驗。

是的，即使是跟你在一起。他不滿地回話，然而隨即變得平和：如果這是她的選擇。

我內心一片混亂，努力撫平的欲望又捲土重來——因為我該做的事和我想做的事是完全不同的。之前絕對無法救回文智，完全沒有真正的抉擇可言。如今抉擇就在我面前，我得決定是否永遠關上我希望開啟的這扇門。過去這些年來，我們都相信他已經消逝，有時我會放任自己想像，想像有一天星銀放下了失去的痛苦，然後回到我身邊。但是即使這有可能發生……我也不希望她是因為這樣才回到我身邊，只是出於妥協，像個安慰獎。我曾以為這樣就夠了；我曾願意說出任何話來留住她。但我知道我們都值得更好的。

我不該自私，至少對她不可以。星銀應該和她選擇的人一起擁有這個機會。至於他，我心生一絲不甘願的敬意，看見他堅定的決心，看見他為了回來所做的努力——與死亡搏鬥，奮力找到回到她身邊的路。而後，星銀將擁有一個把她放在首位，守護她的安全，重視她的幸福甚於自己幸福的人。

我多麼想要那種愛情，她曾經給過我的那種全心全意的熱情。我會再次找到它。我會為她和為我自己，為我們曾經擁有的一切而這樣做。

「我會幫你。」我壓抑心中深處的痛楚。「我允許你下凡，與凡人一起生活，直到你能夠返回我們的世界。作為凡人，你不會記得這一切，但你神仙的記憶和力量將被保留，並在你重返仙界時得以恢復。」

代價是什麼，天皇陛下？我沒想到你會如此輕易答應，甚至沒有享受看著我卑躬屈膝。

「我並不是輕易答應。」我老實回答，「我仍然憎恨你，但我相信你是愛她的，她也愛著你。你記住：如果你傷害了她，我會毀掉你的身體跟靈魂，埋在四海之中。」

光點突然變得明亮。歡迎試試看。這靈魂的口氣中帶著一絲狠勁，即使死後仍然這麼傲慢自大。不過這永遠不會發生。

他的挑釁本來應該會激怒我，但他堅定的承諾卻讓我的心平靜下來。我從腰間摘下了黃玉佩飾，那是凡間開採來的礦石。它將乘載他的靈魂，讓他得以依附凡人身軀。

「凝聚你的靈魂。」

謝謝你，天皇陛下。他嚴肅地說，如此真誠，讓我不禁眼眶濕潤。

空氣劇烈顫動，瞬間塵土飛揚。文智靈魂的光點盤旋那塊玉石周圍，接著凝聚成一個光球。光球飄浮空中，接著如墨汁滴落絲綢，緩緩滲入玉石。玉石在我手中閃閃發光，觸感冰冷，表面宛如覆蓋霜華。我用塊布把它包起來，然後牢牢地藏進腰帶。

明天，我會將他的這些靈魂碎片交給凡間命運守護神。文智會下凡，離開我們的世界。漸漸地，他存在過的餘響會消散——消失得無影無蹤。我不知道這需要多長時間，但我已做好準備，知道星銀會來找我。雖然她一直與我保持著距離，但一旦察覺文智的神魂不在了，她就會來尋找答案……我會把答案告訴她。內心一陣痛楚，一種無聲的抗議——然而一股新生的暖意撫慰了我，驅散了殘存的嫉妒和失落。

若能消除她的痛苦，讓她的生活重拾希望，我也會感到莫大的幸福。或許當她的心靈獲得平靜，我的也將隨之而來。

拂曉

文智

日月茶館

《太陽勇士之心》後傳，星銀與文智在凡間重逢。

夕陽餘暉斜照入窗，滿室生輝。日落將至，我從昨天就期待著這一刻的到來。我的侍從有些猶豫地遞給我一條黑色錦緞腰帶，他對我今日的遲疑不決有些不知所措。我變得不像自己，一直否決他的搭配建議。但此刻，我迫不及待準備上路，於是我繫上腰帶，然後順直長袍的皺褶。如果姊姊知道我今晚如此在乎自己的打扮，她必定會大笑不已。我想給我的客人留下深刻的印象，但又不想炫耀財富，儘管我想我遇到的那位年輕女子並不介意。我從來沒有在乎過別人對我的看法，直到遇見她。正如我昨天告訴她的，我覺得我們似曾相識——而她向我保證我們確實相識，但我無法明白我怎麼會忘記她。

吸引我注意的並非她的外表，雖然她確實很亮眼。是因為她自信的態度嗎？她自然而然的優雅，不會矯揉造作？或者是她雙眸中超齡的智慧？我的腦海中無時無刻在回憶那次短暫的邂逅，令我心跳加速，期待著即將到來的夜晚。從來沒有人讓我有這種感覺，雖然過去我身邊也有其他女子——美麗、出身高貴、多才多藝——然而昨天那個女子讓我心裡充滿驚奇。

一開始，我試圖否認這種無法解釋的吸引力，想以理智去壓抑這種悸動。但她一定也感覺到了什麼，因為她留下來跟我交談，也不急著離開。還有，她接受我的邀請，意味著她也希望我們再見面。

一種陌生的情感襲上心頭，那種我曾在那類文學和戲劇中讀到嗤之以鼻的情感。當我回想起她的身影、她嘴唇的弧度、她脖頸的曲線，內心便燃起渴望。這就是欲望嗎？我想要她，從沒有如此強烈渴望任何人，但我不願讓這種渴望淪為純粹的肉慾。絕對不僅僅是慾望而已，我真想一直待在她身邊，直到聽見她說願意再次見面。若不是擔心她會因為我的冒昧而不快，我會提出當天稍後再見。

我離開家後，大步穿梭街道，急著趕往日月茶館，即使時間仍太早。我一踏入茶館，女掌櫃便迎上來，深深鞠躬。

「尊敬的大人，今日一樣是院子裡可俯瞰湖面的老位置嗎？」

「對，但今日有個例外。」我告訴她，「今晚，我想要包下妳的庭院。」

她的眼睛因貪婪而亮了起來。她會同意的，只要我給個好價錢。「今天天氣很好。」她假裝遺憾地嘆了口氣，盤算著自己能凹到多少補償。「其他客人會失望的，因為從庭院可以欣賞到最美的湖景。」

「我相信妳一定可以提供一樣舒適的位置給其他客人？」我遞給她一袋銀子，價值超過一個月的租金。「尊敬的大人，您實在太慷慨了，小的不敢接受。」

儘管她嘴上說得客氣，但手指頭熟練地解開了袋繩。她往袋內一看，眼睛瞪得老大。

「我相信這報酬夠合理了。」我微笑地說，「我還想要在亭子四周搭扇屏風，讓其他客人無法窺看我們。務必端上最好的美酒佳餚。」

「我們哪一次不是提供您最好的服務啊，大人！」她急忙回應，「您用餐時會需要一名樂手及歌伎在一旁演奏嗎？」

我熱愛音樂，但今晚我不想要有人打擾，「可否擺一張琴在亭內？我想彈一下。」

「尊敬的大人，想必來了位特別來賓吧。」她的語氣滿是好奇與猜測。

「她是。」我嚴肅地說，「妳們可不能怠慢。」

「您放心，尊敬的大人，今晚您需要幾位隨侍為您及您的賓客服務呢？」

「都不用。」我說得非常堅決，以免節外生枝。「食物端上後就可以退下了。」

這些侍者肯定會回報我們談話的內容，因為這茶館掌櫃的八卦能力與她的美酒一樣聲名遠播。我說得這麼堅決，就是在警告她不可散播謠言，那無異是搧風點火。然而，這樣的消息一傳出去，可能讓我得到一點喘息的機會，擺脫那些拼命帶人來我面前亮相的媒婆，以及那些狡猾的人，試圖與姊姊親近，實則目的是撮合婚配。王上曾經暗示要將我許配給他最年幼的女兒。她是個理想的伴侶，身分高貴，據說樣貌可愛又個性溫和——是個說不定一年內就令我厭倦的對象。我理性思考過這個提議，衡量著若擁有特權但卻缺乏熱情的利弊。然而我現在格外清楚，我完全不想加入王室。我不需要他的恩惠或隨之而來的利益。昨日那女子讓我將人生方向拋諸九霄雲外了。我們之間到底是什麼關係？不可能是一見鍾情。很有可能只是一時的幻想，隨著我對她的了解加深，這種幻想就會消失，雖然我的直覺並非如此。不論如何，今晚我必將探求答案。

我大步走在庭院，走向通往正亭的拱橋，快速掃視周遭，確保一切井然有序。姊姊常常嘲笑我總是一絲不苟地計畫所有事情。成為丞相之前，我曾效命王室軍隊，學會快速判斷有利的地形，以及最佳的攻防條件。雖然今晚不須戰鬥，但依然重要。不僅僅是為了短暫的勝利快感——儘管我很享受勝利——而是我對真正重要的事情有敏銳的直覺。

沿路的香爐飄散出濃郁的檀香，空中一片氤氳。我示意侍者撤走，我偏愛秋日清爽的微風。絲綢屏風擺置的位置很巧妙，讓我們免於其他茶館客人的干擾。一串串燈籠垂掛樹枝並隨風搖擺，發出白色與金色的柔光。院子裡繁花盛開，五彩繽紛，芳香四溢。但每每吸引我來到這裡的，是眼前這片環湖群山美景，湖光映照著日月，氣勢更為壯麗。我既不是詩人，也不是藝術家，但這美景激起了我提筆作畫的欲望，試圖捕捉天水一色，閃耀著超凡光芒的波光，彷彿身處仙境。

如果這個世上真有魔法，必定存在於此。

侍者陸續端來了幾盤菜餚。他們將瓷器碗盤擺設在大理石桌上，每道菜都是當地的名菜：烤鵪鶉、藥燉雞、紅燒鮑魚、炸蟹鉗、薑蒸竹蜆，還有甜蓮蓉糕點。旁邊放著一壺酒，還有一組精緻對杯，邊桌上擺著一張黑漆琴。

侍者離開後，我突然開始擔憂，要是她沒來，我要如何找到她呢？我連她的名字都不知道——真是很可笑的情況。我竟然如此粗心，竟然犯這種失誤。那時我肯定心神不寧，試著搞清楚為何有所悸動。最令人難以忍受的念頭浮現，就是我可能會失去她，而我不能讓這種事發生；無論多艱難，我都必須再次找到她。此時，謹慎和理性已不再主宰我的心，而是某種更深層、更混亂的情感。我看向那張琴，忍不住想彈奏一曲來平撫我的緊張——

這時腳步聲響起，有人朝我走來。表現得太心急會顯得失禮，但我早已等得不耐煩。我大步走向亭外，心跳加速，彷彿是個情竇初開的少年。她就站在那裡，橋的另一端，與我目光交會。

拱橋邊的水面上盛開蓮花——開得遲了——但她令所有的花都相形失色。她嘴唇揚起一抹微笑，她下巴上的特徵被襯托得特別迷人。那是個凹溝，有些人會視作瑕疵，但反而讓她的臉有種獨特的韌性。也許是我有偏見，把她所有的缺點都看作優點——我深深凝視著她，她臉頰上泛起了淡淡的紅暈。她看起來和我年紀相仿，也許年輕一些，然而她的雙眸卻流露出深邃的智慧。我很熟悉這種氣質：永不屈服的的希望，從痛苦和失落的考驗中浴火重生。我內心湧上一股柔情，如果她允許，我會療癒並保護她，不讓任何人再傷害她。這股強烈的情感再次震撼了我，若這不是愛情，還會是什麼？儘管內心有股無法明說且不合邏輯的確信，我也不會輕率行事或過早表白，做出意外的舉動把她嚇跑。

天邊雲霞微帶銅金，夕陽餘暉漸漸轉變溫潤的琥珀色。她向我款款走來，衣袍隨風飄逸。她的裙上繡著色調柔和的精緻花卉。我從未細看別人衣裳上的這些細節，也從未如此覺得賞心悅目。我緩緩深吸一口氣，走上橋迎接她，小心翼翼地保持著禮貌的距離，但又在合乎禮儀範圍內盡可能地靠近。

「謝謝妳願意前來。」我想多說些什麼，稱讚她的外表之類的，但我不習慣說這種恭維話，正因為如此，旁人總說我冷漠。

「當然我會來。」她回答，「我從不失約。」

「我也是。」我認真地說，「妳會冷嗎？妳想去亭裡坐坐嗎？」

「我不討厭吹風。」她看向我身後，「這風景就像你說的一樣漂亮。」

「月亮即將升起。」我們並肩過橋，如此貼近，她的頭髮輕拂我的肩旁。「月光下，這片風景依然優美。」

「我一向喜歡月亮。」她抬起頭看我，「我很期待。」

我心裡樂開懷，但故作鎮定。我們一起踏進涼亭，我指著桌上的菜餚說：「我不知道妳喜歡什麼——」

「——所以，你決定全都點一輪。」她笑著插話。

我咧嘴一笑，感覺輕鬆許多，「我喜歡萬事俱備。」

「我知道，我是說……看得出來。」她臉色忽然黯淡下來，一會兒恢復光彩，然而雙眸中似乎閃現著淚光。

「妳還好嗎？」我溫柔地問，「妳看起來有心事。」

「都是過去的事了。現在最重要的是未來。」

我猶豫片刻，忍住想跟她唱反調的衝動。「無論我們選擇改變還是堅持自己的路線，過去都造就了現在的我們。沒有過往經歷，我們就像一張白紙。」

她靜靜地凝視我，很少人敢這樣直視我，毫無一絲羞澀或算計。「那新的開始呢？」

「即使新的開始也與過往息息相關。先舊後新。無論過去如何，都不該忽視——應該去接受它、擁抱它、接納它。只有當我們了解過去和現在的自己，才能掌握自己的未來。」

「說得真好！讓我們為此乾杯！」她熱情地說，舉起酒壺將杯子斟滿。「敬未來的日子！」

我一飲而盡，她也是。不愧是這間茶館最上等的美酒——醇厚甘甜，香氣濃郁。輕柔的音樂從茶館那頭流淌而出，她的目光落在亭內的那張琴上，臉上忽然奇怪地一抹惆悵的神情一閃而過。

「妳會彈奏嗎？」我問。

「一點點，但我缺乏練習。」

「我們可以來合奏。若妳沒有樂器，我家裡有一些。」說完我趕緊閉上嘴，責備自己話說太快，逾禮了。「我姊姊也會在場。」我趕緊補充，澄清任何疑慮——她肯定會嘲笑我今晚的笨拙。

「太好了，很期待能一起合奏。」她靠向桌子，「可以說說你在這裡的生活嗎？」

要是問話的別人，我可能會變得警戒，但在她面前我完全沒有顧慮。「我父母經商，起初富裕，然而遭逢厄運，家道中落。好在他們有遠見，我和姊姊都受到良好的教育。我通過王室考試，加入禁軍，接著進入朝廷。」我輕描淡寫地提及自己的成就，不想過多著墨，渴望聽她說說自己的事。

「他們叫你大人，你在朝中做些什麼？」她問道。

「我提供國事建言，盡我所能引導君王。最重要的是，我致力於維護王國和平，抵禦外來威脅。」

「和平對你來說很重要嗎？那權力跟野心呢？」她突然語氣強烈地追問。

我看著她，「這些東西對妳來說重要嗎？」

「不重要嗎？」

我思考她的問題，想誠實回答。「那些東西之所以重要，是因為它們能帶來自由、安全及尊重。然而每個人都有不同的夢想，而生命的一部分就是找出自己的夢想是什麼。」

「跟我說說你的夢想吧。」

我很驚訝她如此有技巧地從我這裡套話，即使是那些我從沒想要說出來的事情。「妳會跟我分享妳的夢想嗎？」我反問。

她點點頭，我繼續說：「我們相遇之後我的夢想就變了。」我直率地說，「如今我只想要像今晚這樣度過每一天。」

她臉上揚起笑容，但她沒有說話，擺在桌上緊握的雙手微微顫抖。

「這些話嚇到妳了嗎？」我輕聲地說。

「我沒那麼容易被嚇到，我只是……很開心。」

我頓時心情輕盈舒爽了起來，就像我們正在喝的酒，令人陶醉地甜滋滋。我再次斟滿她的酒杯，很開心能夠轉移焦點。「現在換妳了，說說關於妳的事吧——妳來自哪裡，妳的生活，妳的夢想是什麼？」

「我想要快樂。」我注意到她挑了問題回答。「好長一段時間，我都不知道快樂多麼珍貴，總是推開它，總是認為有更重大且急迫的事情要先處理。我正學著享受快樂，並珍惜這樣的感覺。」

「那現在呢？」我追問。

「我變得自私了。」她舉起酒杯到嘴邊，「我不想放棄快樂。」

「我也不想。」

我們安靜下來，似乎都在仔細思索著對方剛剛說的話。

「你後悔過任何事嗎？」她問。

「我不得不面對艱難的選擇，優先考量自己和家人。敢於冒險者得利，除非那些含著金湯匙出生的幸運兒。」我直言不諱，雖然擔心可能會讓她反感，然而我覺得她在乎誠實。

「你希望改變過去任何事嗎？」

「不。因為這樣我才能遇上妳。」看見她臉紅，我繼續說：「這不是空話，這是我的真心話。」

「你總是如此。」

「總是？」我好奇地重複。

「我是說，你看起來就不輕浮，不是說一套做一套那種人。」她慌張地回答，支支吾吾的。

我不想給她壓力，「那跟我說說妳的事吧。」

「你想知道什麼？」

我目不轉睛地看著她，「所有一切。」

她的笑容非常溫柔，「那樣說上一晚還講不完呢。」

她目光低垂，抿起雙唇。她在逃避回答，我看得出來。她問了我所有的事情，卻隱藏了自己。她曾受過傷，意識到這點讓我感到憤怒。但我不會逼她。我會耐心等待，相信時間到了，她就會向我敞開心扉。

「那就明天再告訴我，或後天——任何時候只要妳願意說。」

她歪著頭，「我們才剛認識，你怎麼就能說出這樣的話呢？」

「我從不畏懼說出我的心裡話，追求我所愛。」

「喔。」她語氣有些冷淡，「你『追求』很多人嗎？你享受追逐的感覺？」

她是在吃醋嗎？一想到她在吃醋，我就感到強烈的欣喜，「這取決於我的獵物如何。」我故意這樣說來刺激她，看看毫無防備的時候能問出個什麼。

她目光如刀刃般鋒利，「祝你幸運，但我對任何獵豔不感興趣。」

「我敢打賭，妳絕不會成為任何人的獵物。」我真心地說。

「那我又是什麼呢？」她依然挑釁的語氣。看起來變成一場遊戲，我們各自都不願意過多地透露自己，卻又試圖讓對方坦白。

然而，有些祕密最好不要被掀開。

「我還不知道。」我說。「但我不會把妳當成蝴蝶或小麻雀，妳不適合被關在籠裡，妳也不是擺飾。我不會跟妳玩遊戲，因為妳不是一個可以用手段贏來的獎賞。」

「不是擺飾，也不是獎賞。」她一邊擺弄著杯緣，一邊重複我的話。「若你是在奉承討好，還真該多多練習。」

她的語氣調皮，彷彿在跟我打情罵俏。這個念頭讓我心跳加快。「妳給我機會多多練習，我不會讓妳失望的。」

她兩眼瞇成新月形，嘴唇也輕輕上揚。這一刻的她真美，多麼神采飛揚。

「妳是什麼呢？……今晚我不會告訴妳的。」我故意這麼說，是為了引起她的好奇心，為了讓她願意再跟我見面？還是我正試著搞清楚自己的感覺？更可能是因為我害怕嚇到她，我對自己內心產生的情感也覺得不安。

「你對任何人都這樣說嗎？」她嘲笑道，「我們初次見面時你很拘謹，你連笑容都沒有。」

「我不是花花公子。」我向她保證。「而妳也不是任何人。」

「你根本還不認識我。」她抗議道。「時間不是衡量熟識程度的唯一依據。」

「確實如此。」她點頭認同。

「妳相信命中注定的紅線嗎？」還有什麼能夠解釋我內心產生的奇妙情感？

「凡間命運守護神將我們的小指用紅線綁著？」她搖頭大笑。

我皺了皺眉頭，「我沒有聽過什麼凡間命運守護神。」

「我開玩笑的。」她語氣變得嚴肅。「我不相信任何東西能決定我們的命運。我相信自己能主宰命運，有些人甚至會挑戰那些星象宿命。」

「我願意為妳轉動那些星星。」我輕聲說道，內心似乎有什麼悄然覺醒。「我會挑戰那所有一切。」

她沒有嘲笑我的表白或有所質疑，只是抬頭看著星光熠熠的夜空。「我們就別動那些星星吧，今晚它們恰到好處。」

這是個莊嚴的時刻，彷彿我們之間流轉著什麼很重要的東西——無形的承諾，緊密並永恆地相依。我內心有股暖意湧動，一種完整的感覺。儘管我獲得諸多成就，但一直感到人生有所缺憾。我從不相信命運，但還有什麼可以解釋這種情感共鳴，這種在她身邊一切都恰如其分的感覺——此刻起，以及我們未來在一起的每一天。雖然我不知道我應該感謝哪位如此慷慨的神明，但我會努力讓我配得上這一切。

星銀

家園

天庭傳奇二部曲終章。

梅樹枝頭上覆蓋一層厚厚的白雪，冰晶鑲綴著粉紅花瓣，彷彿為其增添閃閃發光的輪廓——四周過於荒蕪，不再翠綠的土地毫無光彩與生機，反而讓梅花樹更加顯眼。

我是否能習慣這種寒冬冷洌？我手臂交叉抱胸，後悔自己沒有帶上斗篷。雖然這凡間的寒冷無法傷害我，然而我仍然會覺得不適。不過我越來越喜歡季節更迭，就好像這個世界煥然重生。若說天庭是座四季如春的花園，它的美就像永恆封存水晶中的花，凡間則是變幻無常的體現。每個季節都孕育出新的美麗及生命，同時也埋葬了舊日殘跡——夏季酷熱退場，而秋日涼意接替。綠葉轉紅金，紛飛落地。接著，冬天寒霜便會無情蔓延，植物枯萎，有些再也不會發芽重生。然後，太陽再次強勢回歸，循環復始，白晝逐漸拉長，冰霜未化的地面破土而出第一朵水仙花。變化，帶來了希望。不管是新的開始，或第二次機會，同等稀有且珍貴。

每一年，他可愛的凡人臉上又會多一道皺紋，黑髮中也有一縷白髮閃現……我則完全沒變。我聽到侍從們在閒言閒語，他們熱切的竊竊私語從走廊傳了過來。有人指控我是妖女，迷惑他們的主人，用魔藥和咒語來永駐青春。其他人甚而指證歷歷，編造更邪惡的故事，說我與惡魔交易，說我是偽裝成凡人的惡靈，將他們的主人引向毀滅。儘管他們的心思如此多疑，我也不能完全責怪他們，因為他們對錯參半。我不是妖女，也不是凡人。

幾十年過去了嗎？感覺像過了一年而已。時間可以無比精確，同時也難以捉摸——幸福的時光稍縱即逝，悲傷卻像沒有盡頭的道路。

一陣微風輕輕拂過庭院，吹動我的袖口和裙襬。光線漸漸昏暗，陽光隨著每分每秒流逝而漸漸轉弱。一眨眼，一瞬息，帶著梅紅和玫瑰粉的天空就會失去它明亮光彩，逐漸融成黃昏夜色。星星跳出地平線上閃爍，月亮則向大地傾灑淡淡光輝。我閉上眼睛，深深吸入空氣中的甜美氣息，思緒與往事糾纏在一起，我本能地想要尋找桂花的芬芳。腦海裡浮現出這樣的回憶：母親站在家裡的陽臺上，白袍發光閃耀，倚靠欄杆俯身凝視這片土地——我父母親的世界。如今悔恨不再啃噬她的心，遺憾也不再是身上重擔。因為我父母團聚了，我的家完整了。

「星銀，你不會冷嗎？」他的聲音低沉且宏亮。在這裡，他是趙大人，然而對我而言，他永遠是文智。他向我走來，雙手解下他的羊毛披肩，並用溫柔的雙手披在我肩上。暖和的披肩滑過我的身子，披肩的下擺在結滿冰霜的大地上拖曳。

我應該將披肩還給他，但一聞到上頭淡淡的松木香氣，我反而私心地緊抓著包覆自己。我與他四目交會，他那雙眼眸深邃，隱約閃爍一層銀色光澤。在凡間這是少見的瞳孔顏色，也許只有透過神仙的眼睛才能察覺出來，在這裡從沒有人討論過這件事。我陶醉地看著他帥氣的臉龐，眉間那些細細的皺紋，還有曾經讓我覺得令人生畏且冷漠的嚴肅表情，有時候甚至覺得傲慢，除了當他像現在這樣看著我。如今他臉上帶著不一樣的溫柔，他嘴角微微上揚的模樣刺痛了我的心。畢竟不久前，我以為我永遠失去他了。

「謝謝。」我對他說，他在我身旁的木凳坐下。

他點點頭，牽起我的手——堅定地緊握，我感覺到他肌膚的冰冷。「妳為何不願意嫁給我？」他直截了當地問，他最近常問起這件事。「我們這幾年都同住一起，流言蜚語傳遍整座城。」他嘴角揚起微笑，然而瞳孔卻閃爍著鋼鐵般的光芒。「他們認為妳賴著我不放。」

我聳聳肩，無視這些半好奇半怨恨的狹隘看法，「有些評價更糟呢。」名聲敗壞的女子，蠱惑者，投機取巧者。連個「妾」這樣薄弱的體面名份都無法解釋我的存在。文智沒有妾室，如果他有的話——

我腦筋一片空白，嫉妒狠狠刮著我的心。我甩開這念頭，因為經歷了這麼多事，我應該能信任他對我的感情。

他臉一沉，「我絕對不會如此羞辱妳。」

「如果你願意就好了。」我意識到自己不經意說出這句話，忍不住臉紅耳赤。然而我凝視著他，拒絕壓抑我的欲望。如果說危險曾教會了我什麼，那就是不要逃避生活。要把握機會，珍惜每一個幸福時刻。然而在凡間，文智似乎遵守著更嚴謹的道德規範，儘管他對我的觸摸及渴望不亞於我對他，但無論多大的誘惑，他始終拒絕越線。也許在他凡人的形體下，童年時期根深蒂固的禮教養成將他緊緊束縛。或者，也可能是他知道我多想要他，於是他想要用這種渴望讓我屈服於他。想到這裡我就咬牙切齒，他的計謀總是殘酷無情，這也是他屢屢獲勝的原因。

他雙眼一亮，用指關節撫過我的臉頰，「那說妳願意嫁給我。」他靠了過來並靠近我耳邊輕聲說道。

我閃避這個話題，「你難道不想找一個更年輕、能幫你生下子嗣的妻子嗎？」我以開玩笑的口吻掩飾了胸口的緊繃。以凡人的年齡標準，他必定覺得我早已超過嫁娶的理想歲數。

他向後一退，彷彿挨了一巴掌。「除了妳，不會有其他人。」他激動地說。「除了妳，永遠不會是別人。妳很清楚我誰都不想要，我只想與妳在一起，但前提是妳同樣也希望如此。」

他說得如此急促，還帶著怒氣，然而我聽了卻心生暖意。「要是我不希望呢？」我故意刺激他。這是我們之間的新樂趣，相互戲弄調侃，關係更為輕鬆自在，是他身為神仙時少有的一面。一來是因為天庭軍隊的職階約束，二來，是因為他過去的背叛造成的陰影。

「那我怎麼想就不重要了。」他說。

他別過頭，我因自己說話如此輕率而紅了臉。他對我們的過去一無所知；他沒有我對兩人未來的確信，知道我們的未來將超越短暫的凡人壽命——永恆就在我們面前，日子像無限的美夢一樣展開。但和他在一起的時光無論是長或短，都彌足寶貴，我不該浪費在無謂的爭執上。

彷彿察覺到我心情的轉變，他再次轉向我。「妳不想證明那些流言蜚語是錯的嗎？當妳成為趙府夫人時，就可以讓他們停止胡言亂語，你不想讓他們羞愧地不得不在妳面前低頭鞠躬？」

他很了解我的本性，才會說出這樣的話。這會稍稍讓我開心一點，但我一點都不在乎那些人怎麼說，畢竟我們即將離開凡間。眼前的幸福是多麼輕易可得啊！喊他一聲「相公」，他回我一聲「娘子」，無論是柔情款款還是熱情似火。他輕輕一碰觸便點燃了我內心的激情，我感覺到他的手順著我背部曲線滑動，急切地將我拉向他。他的手指埋入我的髮絲，緊摟著我的腰。他飢渴地尋找我的唇，粗糙的手掌在我的肌膚上劃出一條慾望之徑。

然而，正如他有他的原則，我也有我的。他不知道自己到底是誰……甚至不知道我們之前經歷過的一切，用這種方式將他與我牽絆一起，我內心深處覺得不對勁。他的背叛和犧牲，我的恨和愛——每一部分都使我們完整，與我們當時的樣子以及我們成為的一切交織在一起。有時我覺得自己不配擁有這個機會，與他一起生活這幾十年並假裝我們的過去不存在，就像是發燒時做的夢。我不想要只是擁有他的一部分，我想要他的全部，想要知道即使憶起發生過的一切之後，他仍然想要我。如果我變得貪心，正是因為和他在一起後讓我變得如此。

「我不在乎他們怎麼說。」這句話比我預期的還更強烈地說出來，「只有我在乎的人的意見才最重要。」這是他曾對我說過的話。然而這些話——雖然真實——但卻用錯時機，因為我給他了絕佳的反擊武器。

他緊緊握住我的手，將我拉向他。「妳說對了，不是為了他們，是為了我們。妳是自由之身，我也是。妳的心是我的，我的心也是妳的。」他的語氣如此堅定，沒有一絲猶豫。或許如果我們最初相識的時候，他從沒有懷疑過我的感情，大概就會如此模樣。當時他知道了我的過去，激起了嫉妒心——尤其是他的心思總在陰影中徘徊，聽出那些未曾說出的話，看透別人試圖隱藏的事。

他低頭貼向我的額頭，雙眼因為有所意圖而變得深沉，「妳難道不想要擁有更多嗎？妳不想要我們完完全全屬於彼此嗎？」他低沉的嗓音像一條撥動的弦引起我的共鳴。

我被打動了，誘惑在我身體裡流竄湧動。我還來不及開口，空氣忽然有所變化引起我的注意。一種我幾乎快遺忘的氣息……來自魔法……一股神仙能量的氣場，正在逐漸接近我們。我背脊一陣發涼，站起身。是誰找到我們？是文智過去的仇敵？還是我的仇人？這都不重要，如果他們試圖傷害我們，他們會後悔的。我伸出手嘗試召喚魔法，因為太久沒有使用，就快要忘記這種刺麻的感覺。我在這裡如實遵守天庭規矩，沒人能抓到我任何把柄。不過，我的恐懼立刻消失，這閃耀如金光、暖如夏日的氣息，我再熟悉不過了。

是力偉，我第一個朋友，我的初戀。如今他是凡人尊崇的天庭皇帝，儘管他們從不知道他的真實姓名與面貌。趙府甚至在花園設置祭壇供奉他。那尊瓷像面貌慈祥，鬍鬚飄逸，頂上金冠襯出它的白髮蒼蒼。我第一次看到它時，忍不住大笑出來，讓僕從們既惱怒又震驚，無疑加深了他們對我的壞評價，認為我無禮，不夠虔誠。也許他們認為我的不敬會帶給他們不幸。我多希望讓力偉看看這尊像，我們便能像過去那樣一起笑開懷。

此刻力偉就在這裡，我頓時放鬆下來。一道光芒閃耀，照亮了黑暗。我眨了眨眼，抬手遮住視線，在凡間生活了這麼多年，有點不習慣這樣的萬丈光芒。風呼嘯而過，一朵雲朵緩緩降落，力偉站在雲上，一身銀色錦袍，上頭繡著雙龍。他束髮金冠，步下雲端時一根髮絲也沒亂掉。想必現在服侍他的人比我當年更加專業，舊時光的種種情景如薄霧般輕柔圍繞著我。

距離我們上回見面已過多年，他告訴我有關文智的事，治癒了我內心的傷。我凝視著這張熟悉的臉孔，胸口一陣刺痛，如此俊俏又懷念，勾起了那些珍貴的回憶。我不是石頭做的，但過去的溫柔不會再讓我困擾了——我知道我的心屬於誰。然而，重逢故友讓人高興之餘，他的出現也點燃了希望的火花，我知道他今日來訪不會無緣無故。

這時我才察覺到文智帶著警戒的眼神注視著我，他瞇眼站起身來，大步走向力偉。

「尊敬的仙人，我們何德何能蒙您大駕光臨？」他用詞禮貌，然而口氣冰冷，始終保持站姿，沒有敬拜也沒有鞠躬。

即使化為凡人，他的自信一如既往，毫不在乎別人的地位高低，無論是凡人還是神仙，平民或是皇帝。我忍不住微微一笑，這是我們的共同特質，認為尊重是贏來的，不能強求或施捨。

「我不是為了你才來這裡的。」力偉朝我點點頭。「我是來找她的。」

「為什麼？」文智防衛地問道，「若她觸犯天條，讓我代為受罰吧。」

我瞪著他，難道他覺得我就只會製造麻煩嗎？或許他沒有完全失去記憶，他的直覺還在。

力偉冷冷一笑。「你自己就觸犯夠多了。」

我給他一個警告的眼神，然後伸手碰碰文智的手臂。「不用擔心，就讓我跟他單獨談談吧？」

「妳確定？」文智問說，「我不能讓妳陷入危險。」

「他是我的朋友。」

「朋友？」力偉重複我的話，語帶調侃——還有某些我不願細想的東西。「我們關係肯定不僅僅如此。」

「妳認識他？」文智問道，然而口氣不像在詢問，更像是尋求解釋。

「喔，我倆可熟的。」力偉故作輕鬆地回答，想要激怒我。「遠比你認識她的時間久得多。」
「我們就是朋友——」我再次強調。
「——現在是朋友。」力偉故意插嘴。也許這是他對文智過去常常挑釁他的小小報復。
文智眼神充滿怒氣，我緊握住他的手臂，然後鬆開，「我來跟他談談。」
文智瞪著力偉，稍稍抬起下巴，帶著明顯的不屑態度。「傷害她，有你受的。」
聽見他竟然這樣威脅天皇，我內心不禁有些害怕，力偉的眼中閃著少有的憤怒。「注意你的言行，凡人。你知道你在跟誰講話嗎？」在我們分道揚鑣的這些年裡，他漸漸顯露出一股威勢氣質——彷彿繼承他的父皇。
「就算你真的是天上玉帝本尊，我也不在乎你怎麼想。」文智冷冷地回應。
這些話真的是太亂來了，我看著力偉，默默請求寬容。若是凡人對前任天皇這樣說話，恐怕馬上燒成灰燼。力偉微微握拳，輕輕點了點頭。過去的他，可能就會對文智拔劍相向，但或許是時間讓我們學會了容忍。
當文智大步朝著庭院另一端走去，力偉施展了一隱蔽罩，將我們包圍住。這確實必要，畢竟我們有太多話要說，這些話還不能告訴文智。

「星銀，妳看起來氣色不錯。」他口氣變得溫柔。

「你也是。」能再次和他說說話，我內心湧起一陣暖意。

他笑著說：「這裡的生活很適合妳。」

「因為我很幸福。」我不假思索地說，他微微抿起嘴。「抱歉，我沒有別的意思。」

「千萬不要為此道歉。妳值得幸福；我一直希望妳得到幸福。」

我眨了眨眼，想擺脫眼裡突然的刺痛。「我希望你也幸福。如果你需要我幫忙——」

他展顏一笑，「只要妳回來，敵人再多也不成問題。」

「一個好的統治者免不了樹敵囉。」我頓了一下，問：「你快樂嗎？」

他看向天空，雙眼凝視著雲。「是的，我很快樂。世上有很多種的快樂。有些快樂讓你完整，但同時也能將你撕裂。不過，你可以把這些細碎的快樂拼湊起來——這樣的快樂同樣完整堅固，也同樣具有意義。」

我們陷入一陣沉默。不，我不認為他仍愛著我，並非那種愛——然而我們總會偶爾懷念那段塑造了我們的舊時光。我不後悔，因為我和他一樣，很久以前就做了選擇。想到我們曾經多麼親密，我陷入深思。我曾如此愛他，而現在我們的關係又不完全是朋友，既親密又陌生。如今我們有了隔閡，褪色的希望和未竟的夢想居於其間。然而其他回憶彌補了這道溝，那些溫暖、珍貴、可愛的種種回憶，是條永遠無法割捨的情誼連結。

「妳難道不好奇我為何今日過來？」他問。

「你會告訴我嗎？」我的思緒飛到我們上次說話的那天，回想起他當時的承諾。

力偉將手伸進輕盈飛揚的袖子裡，掏出一樣物品。是金絲裝飾的玉瓶，空中瀰漫著一股甜味，熟悉的蜜桃香氣。這正是使我父母分離，最終又讓他們團聚的長生不老靈藥。是我現在唯一渴望的東西，文智重返仙界的關鍵——通往我們未來的關鍵。

「靈藥完成了，現在交給妳。」

他沒有戲弄我，也沒有提出任何要求，一如我曾因此愛上的體貼慷慨，將靈藥交給了我……我永遠珍惜他的善解人意。我一時說不出話，心情澎湃——希望帶來的振奮，以及極度渴望因此隱隱作痛。

「力偉，謝謝你。我真的很感激。」我結結巴巴，開始語無倫次。「有什麼可以——」

他把瓶子塞進我手裡，輕輕合攏我僵硬的手指。「我們之間不虧不欠，去找妳的幸福吧。」

「你也一定要找到你的幸福，不要只是為了責任義務。」我懇切地跟他說，「你不用跟你父母親一樣政治聯姻。任何神仙都想抓住機會嫁給你！」舊傷依然作痛，就像一道未完全癒合的傷口。力偉在我心中占有一席之地，永永遠遠——而我對這份情誼心存感激，感謝他……也感謝我們。

「任何神仙，就某位不想。」他微笑看著我。聽得出來語氣有些惆悵，但不再痛苦。

「任何明智的神仙。」我澄清並對他回以微笑。

他搖搖頭，「在我開始考慮這些事之前，還有很多事情要做。不過請放心，建允將軍不會讓我忘記確保皇位繼承的責任，他已經擬定了一份候選名單。」

「別當作是責任。」我輕輕地說，「你絕對值得更好的。雖然愛情有時會來得毫無道理，但也是可以培養的。用心去選擇，而不只是用你的腦。」

「如果我不願意這麼做呢？」他問，瞇起雙眼。

「那我會去拜訪一下建允將軍。」

力偉開懷大笑，消除我們之間最後一點的緊張。他看向我身後某處，「妳的心上人表現出非凡的耐心，居然讓我們這麼親密地交談，不像他以前那樣跟過來還挑釁我。」

「你以前還不是也幫忙搧風點火了！」我揶揄他。

「他活該。」

「哦，他當時的確活該。」我完全同意他的話。「但現在不會了。而且，您是仁慈的天皇，您的行為必須與您的崇高地位相匹配才行。」我指著花園裡的雕像。

力偉朝著我指的方向看去，兩眼瞪大。「看來我必須跟凡間命運守護神談談。這個……這個是……」

「幾分神似？我認為忠實呈現了你的模樣。」我一臉無辜地說。

「妳買了這尊雕像來惹我嗎？」力偉氣惱地說。

我低頭鞠了滑稽的躬，「我可不敢，天皇陛下。不過我等等會要求給它架個底座，並派人為您製作更多類似的雕像。」

「我會將它們全部毀掉。」他語帶威脅，嘴角卻失守。
「您別嚇到凡人了。」我警告他。「別忘了您自己的規定。」
「其中一條就是妳不該在這裡。」他提醒我。
「我很感激天皇陛下您的耐心。」我手緊握著靈藥，有些哽咽地說：「還有，感謝我們現在終於能回去了。」
我們沉默一會兒。「我必須走了，到時天上見。如果這個邪魔——如果他做了任何傷害你的事，我就把他變成一隻蟲送回凡間。」他警告道，然後又補充說，「儘管妳從來不需要我幫妳出頭。」
他轉向文智，嚴肅地點頭告辭。力偉不再多言，踏上盤旋腳邊的雲，直沖天庭。
文智大步走向我，每一步都顯露急躁。這幾年，他一向尊重我個人意願，就算與他的相左——雖然毫無疑問他會設法讓我改變心意。
「他是誰？」他急著想知道。
「他讓你覺得困擾嗎？」我好奇地問，他不會記得力偉，也不該嫉妒才對。
他眉頭一皺，眼角的細紋加深，像在努力回想什麼。「可能是他看著妳的樣子，或者是妳看他的表情。不管怎樣，我不喜歡他，他也不喜歡我。」

「你不用擔心。」我向他保證。「他幫了我們很大的忙，一份我們永遠無法回報的恩情。」

「星銀，妳今天說的話真是撲朔迷離。」他專注地看著我，然而沒有要求解釋。也許他習慣了我那些還在醞釀中的想法，習慣了我突然欲言又止，因為有時我會不小心說溜嘴。雖然隱瞞對我來說不算難事，但面對那些走進我內心的人，我卻常常疏於防備。

今晚，我將掀開我在這裡一直戴著的神祕面紗。今晚，我將回答他所有的問題，並得到我既期待又怕受傷害的答案：重回神仙的文智，是否還愛著我？當我抬起頭望向天空，突然感到一陣寒意。繁星閃爍，點綴絲綢般的夜色。月光皎潔，宛如萬盞燈籠的光芒灑落在我們身上。或許是我父母一起點燃了所有燈籠，這個畫面給了我安慰和力量。

「過去幾年，你問過我許多問題——有些我沒有回答：為何我從不會生病？為何我偶爾會叫你『文智』？我從哪裡來？為何我不能嫁給你？」我開始結巴。「你從沒追問，即使你明知我在隱瞞。你是對的，然而我隱瞞的不只是我的過去。」

他靠近我，「妳現在願意告訴我了？」

「你相信我嗎？」我問。

「相信。」他回答。「我從沒見過妳說謊。」

我不由自主地皺起鼻子，腦海閃過我給他下藥的那些記憶，當時以及之後我說過的謊言——儘管我努力自欺，想騙過自己的真實感受。

「雖然妳可能會換個話題，或拒絕回答某個問題，或者偶爾會歪曲事實。」他語氣輕鬆補充，然後表情一轉，變得嚴肅，「妳是我最信任的人。」

我內心祈禱他能保持這種看法。「你跟我都不屬於凡間，我們來自仙界，就是剛剛那個人來的地方。」

文智兩眼一瞇，心裡思量著我說的話，這話對任何凡人來說太荒謬了。要不是他剛剛親眼見到力偉從天而降，他可能也會難以置信。「我看得出來妳不是在開玩笑。」他慢慢地說。「這意味著妳說的是真的，或是妳確實相信那是真的。」

「這是真的，看著我。」我伸手托起他那張心愛的臉。「這幾十年來，歲月在你身上留下諸多痕跡，然而你注意過我有任何變化嗎？我從未生病，不會受傷也沒有疾病，因為在這裡沒有什麼東西能傷害到我。」

「妳到底是誰？」他口氣平靜，眼神銳利。

「你認為我是怪物嗎？或者就像其他人，覺得我是個妖女？」

我語氣輕鬆，想掩飾我的不安。我有點想要維持現狀，現在的我們很幸福，沉浸在無知的美好中，與過去的糾葛和衝突隔絕。如果這些往事再次被揭開，會發生什麼事？如果他恢復記憶後不再愛我呢？他是否會責怪我，怪我一直推開他，結果錯過時機？然而，逃避太容易了，我更渴望繼續前進，去追求我們本該擁有的生活。

「姊姊認為妳是妖女，她說對了嗎？」

「這很重要嗎？」我反問。

他毫不猶豫地搖搖頭，「我不是透過雙眼在看妳，我是從這裡感受妳。」他將手按在胸口上。「若妳是怪物，讓我也變成一頭怪物。如果妳真的是妖女，那肯定相遇那天妳就對我施了咒。」

「我聽過更糟糕的叫法。」我承認。而你也聽過，騙子、叛徒、邪魔，每一個明知他真實名字的天神都這樣叫過。就連我自己在被他背叛的痛苦而心如刀割的日子裡，也曾這樣咒罵他。

那時，我沒想到這些傷痛可以痊癒，也無法預料我們會走到這裡，得以再次攜手共度未來。來到凡間與他共度歲月，對我來說不是容易的決定，我的恐懼太過強烈：要是他在凡間與別人共結連理？跟一個比我更愛他的人組成家庭？一個他更愛的人，一旦他變回神仙，會不會取代我在他心中的位置？我能忍受再次失去他嗎？因此，自私如我決定來到凡間把他占為己有——盡可能陪在他身邊，抓住眼前的幸福，儘管這幸福可能短暫且稍縱即逝。我打消了最後一絲疑慮；不要懊悔過去，也不要質疑未來。即使此刻我心跳加速，雙手冰冷，我會一如既往地面對。

我伸出手，將玉瓶遞給他。「這就是長生不老靈藥，喝了它，你就會想起一切。你會變回原來的你，重返仙界。」

他沒伸手，目光緊盯著我，「我們的關係不變嗎？」

「我不知道。」我誠實地說，「但願如此。」

他目光落在我握住的瓶子上，「如果這會讓我失去妳，我不想要。」

「你不會失去我。」我喉嚨一緊，他竟然為了我們的愛情而放棄成仙。我將瓶子塞到他手上，「如果你願意，我們將擁有這裡的一切，甚至更多。永恆就在我們眼前。共組家庭。擁有一個家。」

他點點頭，打開瓶子的金色瓶塞，濃郁的香氣撲鼻而來，強烈到幾乎難以承受。當他舉起瓶子，將靈藥倒入口中時，我閉上雙眼。他的呼吸加速，然而沒有喘息也沒有呼吸困難。這靈藥是真的。沒有附加條件，沒有任何代價，也不需要回報天庭。力偉與他父親大大不同。

空氣帶著文智的氣息波動，強大且沉穩。一陣涼意如秋風般撫過我的肌膚，帶著清爽雨味和落葉芬芳……以及變化。我猛然睜開雙眼，聽見他呼喚我的名字。

「星銀。」

他的聲音與在凡間時不同——更低沉，充滿知性。有些困惑……以及巨大的解脫。

我深深地看入他的眼眸，明亮如熔銀，彷彿冬夜絮雨。猶如霜、冰、星光交織，一同被揉碎成耀眼的碎片。是他，不再只是相伴多年的那個凡人，是我曾經信任過、憎恨過、詛咒過、流淚過……又重新愛上的那位神仙。以前他過於野心勃勃，冷酷無情，而我太過固執且得理不饒人。那時我們陷於欺騙和謊言之中，扼殺了我們關係中任何坦誠的種子。神仙不太需要適應變化，然而我們對彼此造成的傷害，卻深深轉變了我們。我們接受考驗、一次次被輾碎，並重新鍛造得更為強大。

我們注定在一起。

他的臉上逐漸顯露一絲認得的跡象。他終於完完全全知道我是誰了嗎？我們的過去和現在合而為一了嗎？他握住我的手，冰冷而有力。我多麼懷念這股力量啊，這些年來他無數次擁抱我，然而此刻他的觸碰卻猶豫不決——彷彿眼前是一場讓他害怕醒來的夢。

「我想起來了。」他驚嘆地說。一道陰影掠過他的臉，隨後又展露笑容。「如果這就是死亡，我心滿意足，死而無憾。」

「你還活著。我們都還活著。」各種情緒瞬間湧來，讓我想笑又想哭。忽然之間，我感到胸口一陣解脫，帶來的輕盈如同一股刺癢的溫暖撫過我的身體，撫平了內心的皺褶與糾結——直到我開始顫抖，儘管並不寒冷，我的顫抖並非因為恐懼。

「長久以來，妳都在凡間陪著我，從沒有分開。為什麼？」他打量著我的臉，語氣沉重。

「哪裡我都不想去。」我毫不隱瞞地說，「我以為永遠失去你的時候才明白了這件事。」

「妳明白了什麼？」他執意挖掘我內心的每個真實想法。

「明白我愛你。」我坦率地對他說，「也許更早之前，但我不想承認。」

他的眼睛因內心熾熱而閃耀，彷彿月光映照而發光。「妳原諒我了嗎？」

「早就原諒你了。」我在情緒翻湧、難以抑制的情況下，努力說出這句話。

他怔然……然後緊緊將我抱在懷裡——我也抱著他，如此地緊密，連一絲光線也無法穿透。

我們之間再無阻礙。

但我不會天真認為愛情及生活必須是完美的。這些時刻值得珍惜，銘刻在我們的回憶中，因為這些回憶給予我們面對未來考驗的力量。只要我們在一起，就能攜手克服困難。

我的視線因淚水而變得模糊。「我們回家吧。」

「回家。」他重複我的話，下巴輕靠在我頭上。「那會是哪裡呢？」他反問，探詢我的意願。

我抬頭看他，認真地說：「任何你所在之處，無論是天神或邪魔，凡人或神仙。」

他臉上慢慢綻放笑容，緊緊擁抱著我，他涼爽的肌膚舒緩我身體的熾熱。「我以前不敢相信會有這麼一天，雖然失去妳之後每分每秒，活著的每一口氣我都如此盼望著。」他在我耳邊低聲私語，他的呼吸點燃了我體內的火焰。

我舉起手輕撫他恢復光滑無瑕的臉龐，觸感如此溫柔。此刻他的頭髮與我一般黑，那幾撮白髮消失了，我漸漸愛上的白髮，如同我愛他的全部——就算是一般被認為不完美的部分。可以這樣任意觸摸他，我的手微微顫抖，意識到我們之間最後一道牆已經倒塌，我內心欣喜若狂。

他低頭靠近我，雙手環抱我的腰間，我的手則放到他的肩膀上，纏繞著他的脖子。他的唇飢渴地探尋我的唇，我屈身緊貼著他，全身感到火熱。他的心臟在我胸口激烈跳動著——彷彿我們是第一次接吻……也許某種意義上來說的確是，我們重新發現彼此。我閉上雙眼仔細感覺著他的身體、他親密且強勢的吻、他緊緊地將我摟在懷裡的手，冰涼的觸感點燃了我的慾火，一隻彎起的手霸道地攬住我的頸後，令我窒息，四肢酥軟。若他沒有撐著我，我應該會癱倒。宛如天上光輝點燃，我的感官全面甦醒，黑暗再也無所依附。

我不知道我們這樣的姿勢多久，毫無顧忌地緊抱在一起，如此急切又渴望。最後，我們鬆開彼此，想起我們身處何方，任何人都可能撞見我們。

「我們應該返回仙界——若凡人見到我如今模樣，必會引起許多疑問。但我有事必須優先處理。」他大步走向涼亭，亭裡放著一個漆盤，上頭擺著書法用品。他拿起一張紙及一支毛筆，蘸上墨水，用他一貫的粗獷豪放的筆法寫下幾行字。完成後，他在紙上押上私印，折起來放在桌上。

「我把財產都留給我姊姊，」他解釋道。「我會想念她，很高興體驗過真正的手足之情。我告訴她，我要退隱，不再追求俗世財富。」

「平靜的生活？」我不可置信地重複他的話，想起我們曾經一起殺戮的猛獸，一起經歷的戰爭，以及戰場上身後的一片滿目瘡痍。

他對我眨了眨眼，眼裡閃爍著戲謔的光芒。「對妳來說不太可能，但我喜歡。」

他舉起手，一陣風呼嘯而來，一朵紫灰色的雲疾馳而來到我們腳邊。我真想念他那令人熟悉的強大力量，以及被這股力量圍繞著的安心。我們十指相扣，一起踏上雲朵。隨著風起雲動，我們翱翔天際。不需任何言語；一切都已道盡，我們的心，早已擺脫過去。

夜幕降臨，星空從未如此璀璨，未來無窮無盡，宛如繁星。

後記

若沒有我的編輯團隊，這本書不會存在，非常感謝大家。感謝 David Pomerico 對這系列的遠見和對這個故事的信任；與你及你的團隊共事是我的榮幸。Lara Baez、Rachel Weinick 和 Mireya Chiriboga，你們超棒的，很感謝你們的協助。同時也很感激 Jeanne Reina、Abigail Marks、Jennifer Chung、Sarajane Herman 還有 Liate Stehlik。

誠摯感謝令人驚豔的哈潑旅人英國團隊：Natasha Bardon、Kate Fogg、Fleur Clarke、Kimberley Atkins、Elizabeth Vaziri、Susanna Peden、Maddy Marshall、Ellie Game、Chloe Gough、Leah Woods 以及 Robyn Watts。當然還有 Vicky Leech Mateos。我很感謝美國、英國、加拿大、澳洲和全球哈潑柯林斯出版集團的每一位，感謝你們為這些書付出了努力，並協助推行這些書。同時也很感謝翻譯這二部曲的出版商和全球經銷供應商，感謝他們讓這些書籍觸及到世界各地的讀者。

感謝我的經理人 Naomi，感謝妳在我的整個創作生涯中成為無價的夥伴並提供寶貴指導，感謝您堅定的支持和建議。謝謝 Jason Chuang 帶給英國版封面如此精湛的封面插畫，處處充滿象徵意涵，與其他封面互相映襯。同時非常感謝 Virginia Allyn 令人嘆為觀止的地圖，還有感謝 Natalie Naudus 和 Ewan Chung 出色的旁白，令這些角色更顯得栩栩如生。

我是 FairyLoot 的忠實粉絲，很喜愛她們為《月宮少女星銀》和《太陽勇士之心》還有現在這本《天庭外傳》所製作的那些精美特別版，非常謝謝你們，Anissa 以及 FairyLoot 團隊——與妳和 Grace Zhu 合作絕對是我的夢想，她為這些書的精裝本和內頁繪製了精美的插圖。

言語不足以表達我對我先生堅定不移的支持有多感激，感謝他總是幫助照顧孩子，感謝他閱讀我寫的所有內容。感謝我的家人和朋友，感謝你們在我起起落落時一直都支持著我，讓我腳踏實地，很高興生命中有你們。

感謝所有書商及圖書館員，感謝大家的支持跟善意，即使無法親臨現場，讓我能見到這套書擺放書店及圖書館的模樣。感謝你們為作者做的一切！

最後但同樣重要的是，我深深感謝所有的讀者及創作者，感謝你們在 BookTok、

Bookstagram、YouTube 和其他平臺上分享這套書、推薦這個故事，製作短片及影片——你們所有的支持讓這套書更有能見度，也讓我有機會撰寫更多故事。許多人的貼文跟故事都令我非常感動，有些發自內心的訊息甚至感動落淚。我的讀者們，我永遠感激不盡——是你們激勵我繼續寫作。

關於作者

陳舒琳（Sue Lynn Tan）是天庭傳奇二部曲的作者，這套書已經被翻譯成至少十六種語言，並登上《今日美國》（*USA Today*）及《周日時報》（*Sunday Times*）的暢銷書排行榜，並獲得許多獎項。她出生馬來西亞，移居香港前，曾於倫敦及法國就學。平常沒在寫作及閱讀時，她喜歡在家裡附近的山丘、湖泊及廟宇探索。

官網：www.suelynntan.com

IG：@suelynntan

國家圖書館出版品預行編目資料

天庭外傳／陳舒琳（Sue Lynn Tan）著；曹琬玲譯．
-- 初版．-- 新北市：數位共和國股份有限公司燈籠出版：遠足文化事業股份有限公司發行, 2025.01
面；　公分．--（天庭傳奇；3）（Ray 系列；4）
譯自：Tales of the Celestial Kingdom
ISBN 978-626-97926-9-6（平裝）

868.757　　113018510

Ray 系列 04

天庭外傳（天庭傳奇 3）

《月宮少女星銀》與《太陽勇士之心》番外 & 最終章！

Tales of the Celestial Kingdom (Celestial Kingdom, 3)

作者　Sue Lynn Tan 陳舒琳
譯者　曹琬玲
編輯　曹依婷
封面插圖　麻繩
封面與內頁美術　江孟達
內頁排版　張靜怡

出版　燈籠出版／數位共和國股份有限公司
發行　遠足文化事業股份有限公司（讀書共和國出版集團）
地址　231 新北市新店區民權路 108-4 號 5 樓
電話　(02) 2218-1417
傳真　(02) 2218-0727
客服專線　0800-221-029
信箱　service@bookrep.com.tw
法律顧問　華洋法律事務所　蘇文生律師
印製　博創印藝文化事業有限公司

出版日期　2025 年 1 月初版一刷
定價　新臺幣 380 元

ISBN　978-626-97926-9-6（紙書）
EISBN　9786269931422（PDF）
EISBN　9786269931415（EPUB）

Printed in Taiwan

L-A-N-T-E-Ray-N

Ray 書系

青春是一束雷射光，
匯聚你不羈的想像，
奔向你獨有的冒險，
挑戰你變幻的極限！

燈籠